ELIZABETH MAYNE
Enamorada del enemigo

Editado por HARLEQUIN IBÉRICA, S.A.
Núñez de Balboa, 56
28001 Madrid

© 1999 M. Kaye Garcia. Todos los derechos reservados.
ENAMORADA DEL ENEMIGO, N° 9 - 5.12.13
Título original: The Highlander's Maiden
Publicada originalmente por Harlequin Enterprises, Ltd.
Este título fue publicado originalmente en español en 2008

Todos los derechos están reservados incluidos los de reproducción, total o parcial. Esta edición ha sido publicada con permiso de Harlequin Enterprises II BV.
Todos los personajes de este libro son ficticios. Cualquier parecido con alguna persona, viva o muerta, es pura coincidencia.
® Harlequin y logotipo Harlequin son marcas registradas por Harlequin Books S.A.
® y ™ son marcas registradas por Harlequin Enterprises Limited y sus filiales, utilizadas con licencia. Las marcas que lleven ® están registradas en la Oficina Española de Patentes y Marcas y en otros países.

I.S.B.N.: 978-84-687-3658-7
Depósito legal: M-25674-2013

Uno

Glencoe, Escocia
20 de febrero de 1598

—Tía Cassie —dijo Millicent MacGregor, de cinco años, estirando a Cassandra MacArthur de la redecilla—. ¿Es verdad que lady Quickfoot se cayó de nalgas en el retrete de Black Douglas?

—¡Millie! —exclamó Cassie, cegada por la capucha de la capa—. Estoy intentado atarle el patín a tu hermano. Te contaré el resto de la historia de lady Quickfoot esta noche.

—Pero ahora es un momento estupendo para contarla —dijo Millie sonriendo.

—Tía Cass, ¡mira! ¡Soldados! —gritó Ian señalando algo detrás de Cassie.

—¡De uno en uno! —les pidió Cassie. Se quitó la tela de la cabeza y se esforzó en atarle bien el patín al niño—. ¡Quédate quieto, Ian!

—¡Tengo cosquillas! —rió el niño sin dejar de moverse.

—Ojalá tuviese dos pares de manos —dijo Cassie haciendo un nudo.

—No creo que pueda esperar hasta esta noche para saber si Black Douglas consigue salvar la última joya de los Highlands —continuó Millie mientras intentaba ver los soldados que había anunciado su hermano.

—Hemos venido aquí para que os dé una clase de patinaje —la reprendió Cassie—. Te enterarás de lo que le ocurrió a lady Quickfoot, a Black Douglas y al bardo de Achanshiel antes de dormir, ni un momento antes, niña —luego murmuró—: No sé cómo hace tu madre para vestirte, no paras quieto.

—Sss. Tía Cassie. Esos hombres van a pensar que estás loca —la regañó Millie—. Siempre estás hablando sola.

—¿Y qué te hace pensar que me importa que me oigan, eh? —preguntó Cassie guiñándole un ojo a su sobrina antes de mirar por encima de su hombro—. Tal vez esté hablando con mi ángel.

—No sería un ángel —dijo Millie—, sino un hada.

—No hay ninguna diferencia —respondió Cassie

encogiéndose de hombros—. He oído decir que las hadas eran ángeles al principio de los tiempos, hasta que Dios las envió a los Highlands porque su reina era muy vanidosa.

—Continúa. ¿Para qué querían una reina si ya tenían a Dios que velaba por ellas todo el tiempo?

Cassie estiró a la niña de una de las trenzas.

—Buena pregunta. Aunque no conozco la repuesta... sólo sé que las hadas eran los ángeles más bellos que había hecho Dios... y supongo que de ahí su vanidad. Por eso tuvo Dios que apartarlas de la vista de todo el mundo. La vanidad es un pecado horrible, ¿no crees?

—Sí —admitió la niña.

Estaban en la pradera norte, a un paso de la granja de Euan MacGregor. Según él estaban a una distancia adecuada para que le oyesen si los llamaba, teniendo en cuenta que Euan era capaz de gritar como un herrero. Cassie lo había oído llamar a su clan con el grito de guerra una vez. Y la había aterrado.

Aquélla era una época de paz, había una tregua entre los clanes. No obstante, siempre había que estar alerta. Cassie continuó intentando ver a los hombres desde el estanque helado. Allí el aire era lo suficientemente frío para mantener el hielo sólido hasta el mes de abril. Más abajo, todo se fundía en un día de sol como aquél.

Cassie vio dos hombres en la montaña. Dos viajeros desaliñados que subían por el pasto lleno de barro de MacDonald. Llevaban dos caballos de carga con sacos y bastones. Cassie los miró con recelo. Tal vez fuesen delincuentes.

De repente, se sintió alarmada. No eran guardias ni soldados del rey. No, no podían ser hombres del rey viniendo del sur. Nadie sabía que Cassandra estaba en la granja Glencoen salvo sus padres. Cassie se hizo sombra en los ojos para estudiar a aquellos hombres con más detalle.

—Papá dice que es de locos hablar solo. Lo haces porque eres pelirroja. Por eso se casó con mamá en vez de contigo —continuó Millie, orgullosa de sí misma. Se creía muy grande con cinco años.

Cassie miró a su sobrina y rió.

—Ah, ¿y no se casaría con tu madre porque tu padre quería a una mujer para que se ocupase de su granja y yo por entonces todavía era una niña, como tú? ¿Crees que estoy loca?

Luego se volvió a mirar a los dos extraños y les preguntó con toda naturalidad a sus sobrinos.

—¿Conocéis a esos hombres?

Ian negó con la cabeza.

—¡No son MacGregor! —exclamó Millie fijando la mirara en ellos—. Podrían ser MacDonald. Papá dice que son pesados como las moscas que rondan la mierda.

—¡Millie! ¡Cuidado con lo que dices!

—Pues papá dice eso.

—Pero las señoritas no —la reprendió Cassie.

—¿Y por qué papá puede decir cosas que las señoritas no podemos decir?

—Porque los hombres dicen cosas malas para contener toda la maldad que tienen dentro y no explotar como un huevo podrido cuando se pone a cocer. Los hombres no son capaces de controlar sus pasiones como nosotras.

—¿Así que nosotras somos más mejores que ellos?

—Sí, somos mejores —contestó Cassie corrigiendo a su sobrina—. Es agradable ser una dama, como lo era tu querida abuela MacArthur. Debemos intentar parecernos cada vez más a ella. Además, niños, a los hombres les gusta hacer el trabajo duro y sucio. La mayoría no son capaces de mantenerse limpios desde que salen de la cuna hasta que vuelven a la tumba.

—Eso es verdad —comentó Millie mirando a Ian.

No solía verse a muchos extraños por Glencoe en invierno. El paso hacia el norte era de una gran belleza, pero muy duro. Había que conocer la zona para viajar en esa época. Ninguno de los hijos de Maggie tenía miedo de los habitantes de los Highlands que pasaban por las tierras que trabajaba su padre. Otro tema eran los soldados, los ingleses y los asaltantes de la frontera. Cassie decidió esperar y ver qué pasaba.

—No, tampoco son delincuentes —comentó Ian imitando la sagacidad de su hermana—. No llevan arcos, ni lanzas.

—Ahí tienes razón —murmuró Cassie, aunque veía un mosquete asomando entre las bolsas, y ambos hombres llevaban las espadas tradicionales escocesas y dagas colgadas de los cinturones. Eso indicaba que estaban preparados en caso de tener problemas.

—¿Puedo ir a preguntarles quiénes son? —preguntó Millie.

—Creo que será mejor que esperemos a ver si se acercan a nosotros —decidió Cassie—. Por cierto, hemos venido aquí a patinar, ¿no? Venga, Ian.

Puso al niño de pie y lo guió hasta el estanque helado. Se tambaleó, pero estaba decidido a intentarlo.

Cassie siguió observando a los extraños, que no parecían mostrar ningún interés por las actividades de los niños, ni del ganado. Así que no eran asaltantes. ¿Quiénes serían? Cassie sintió un dolor en la boca del estómago y supuso que serían los cartógrafos del rey. ¡Menuda suerte! Aunque eso no significaba que supiesen quién era ella.

Parecían absortos en el caminar del más alto. El otro iba detrás, contando los pasos de su compañero y agarrando una cuerda.

En la cuesta pedregosa del pasto de los MacGregor, que estaba apartada del de los MacDonald, se detuvieron y discutieron acaloradamente. El más delgado señaló alborotadamente el este, el norte, el sur y el oeste, en una especie de danza cómica.

Cassie llegó a la conclusión de que estaban perdidos. Menudo par de cartógrafos, si es que eran los señores Hamilton y Gordon, hombres del rey. Cassie se preguntó cuál de ellos sería Gordon, y cómo era posible que hubiesen atravesado Glen Orchy y siguiesen vivos. Habría apostado que no sobrevivirían si se aventuraban a cruzar Lochaber sin protección. Era decir, sin la protección de la reputación de lady Quickfoot. Luego sonrió. Ella se ocuparía de que no diesen con la escurridiza lady Quickfoot, la mejor guía de los Highlands.

El más alto bajó la cuerda y apiló unas piedras para sujetarla. Luego fue hacia los caballos y sacó un pliego de papel marrón de entre los paquetes. Lo estiró, sacó un trozo de lapicero de su escarcela, humedeció la punta con la lengua y empezó a escribir, o eso le pareció a Cassie.

El más robusto aprovechó el descanso para dar un trago de una botella que llevaba en el bolsillo. Le ofreció a su compañero, que no quiso, estaba demasiado ocupado escribiendo. Cuando terminó, guardó el papel, el alto tomó la cuerda del suelo nevado y empezó a enrollarla. Era una cuerda muy larga y con muchos nudos y quedó recogida en una especie de bola.

—Qué curioso —comentó Cassie en voz alta.

—¡Más deprisa! —gritó Ian, llamando su atención.

Cassie se apartó el pelo que le caía sobre la cara y se lo metió bajo la capucha. No quería que aquellos extraños supiesen cuál era su estado civil.

—¿Le enseñamos a patinar a este niño, Millie? Agárralo por la otra mano.

—Ya sé —gritó Ian mientras se tambaleaba.

—No, Ian, tengo que enseñarte —dijo Millie, que al decirlo se pareció mucho a su madre, Maggie.

Con una semana de clases de patinaje Millie se había convertido en una patinadora segura de sí misma. Era buena y rápida y sólo hacía falta un poco de tiempo y energía para enseñarla. Y una tía soltera, como Cassie, era la persona más adecuada. La pena era que la temperatura, que había sido demasiado alta para la época, había hecho que parte del hielo del estanque se derritiese.

Cassie y Millie agarraron a Ian de las manos y lo llevaron de un lado a otro. Euan había subido a las ovejas a ese pasto por la mañana y había probado con ellas la dureza del hielo antes de decirles a sus hijos que podían seguir con las lecciones de patinaje por la tarde.

Ian no paraba de reír, encantado con el frío viento, que le enrojecía las mejillas y le entrecortaba el aliento.

—Puedo yo solo —dijo impaciente.

Millie puso cara de hermana mayor resignada. Suspiró antes de soltarle la mano. Y a Cassie también le pareció que podía dejarlo patinar solo. Se cayó un par de veces, pero aceptó su ayuda para levantarse.

—Estás haciéndolo tú solo, hombrecito —dijo Cassie observando cómo daba la vuelta e iba hacia un montón de nieve que había acumulado la ventisca en la parte norte del estanque. Allí era donde el hielo era más grueso y no había que temer porque se rompiese. Si no recordaba mal, aquel estanque era muy profundo y traicionero durante otras épocas del año.

Ian se alejó poco a poco, luchando por mantener el equilibrio, con los brazos abiertos y las piernas temblorosas.

—¡Desliza los pies! —le aconsejó Millie poniéndose delante de él.

La niña llevaba unos patines nuevos que le había hecho su padre. Los viejos los llevaba Ian atados a los tobillos. Se detuvo y se puso de rodillas delante de su hermano, abriendo los brazos para recibirlo.

—Oh, tía Cassie, tendrías que ver la cara de Ian, ¡está muy concentrado! Tiene la cara muy arrugada y roja como un tomate.

—¡No es verdad! —gruñó el niño tirándose a los brazos de su hermana. Luego gritó eufórico—: ¡Lo he conseguido!

—Sí, lo has conseguido —dijo Cassie deteniéndose graciosamente a su lado. Se arrodilló y lo abrazó cariñosamente. Estaba tan contenta con él que hasta le alborotó el pelo rizado y moreno hasta hacerle reír.

—Ejem —gruñó una voz masculina.

Cassie levantó la mirada esperando encontrarse con el viejo Angus, que la reprendería por mimar al niño, pero se encontró con los dos extraños, que estaban en el borde del estanque, sonriendo estúpidamente.

—Perdone, señora... —empezó el más alto.

El otro se aclaró la garganta como si quisiese corregir a su compañero sin palabras.

—Eh, tía Cassie no es una señora —declaró Millie impulsivamente—. Si buscan a una señora, entonces tendrán que ir a ver a mi madre. Está en la lechería, haciendo mantequilla.

—Ésta es mi tía Cassie —añadió Ian posesivamente—. Y no está casada.

—Sss, niños —los reprendió Cassie—. ¿Puedo ayudarlos, caballeros?

—Eso esperamos —habló el más alto—. Mi amigo y yo estamos buscando la granja de los Glencoen. Creemos estar al norte de la misma. Tenemos un paquete para Euan MacGregor, que vive allí, y una carta de presentación de su pariente, el señor Malcolm Mac-Gregor, de Balquhidder. ¿Podría indicarnos dónde está exactamente la granja?

Los niños rieron, pero Cassie los hizo callar mirándolos con seriedad. No obstante, no se le daba tan bien como a su hermana. Maggie los metía en vereda con sólo levantar una ceja. Aunque sus cejas eran tan claras que casi no notaba uno cuándo se movían.

—De hecho, señor, estáis en la granja. Éste es el prado norte de la misma. Había un desvío al salir del pasto de los MacDonald.

Cassie señaló un estrecho camino que había más allá de las rocas cubiertas de nieve y de las ovejas.

—Encontraréis el camino por allí. La nieve se está fundiendo, así que tened cuidado. La granja Glencoen no tiene pérdida. Sólo tenéis que seguir bajando la colina —comentó sonriendo.

El hombre que le había hecho la pregunta le devolvió la sonrisa. Le dio las gracias y les deseó que pasasen un buen día, luego se llevó la mano a la frente para despedirse educadamente.

El gesto hizo que Cassie se fijase en sus ojos, que eran muy bonitos, azules. Llevaba mitones en las manos, como los niños y ella, guantes de lana que sólo le cubrían desde la muñeca hasta la mitad de los dedos. Los tenía tan sucios y cortados por el frío que no se veía dónde acababa el mitón y dónde empezaba el dedo.

Tenía arrugas a los lados de los ojos. A pesar de que su piel estaba estropeada por el mal tiempo, el brillo de su mirada y la longitud de sus pestañas lo traicionaban. Era más joven de lo que parecía, más o menos como ella, que cumpliría veinte años en pocos días. Aquellos ojos decían que no tenía más de veinticinco años.

Mientras se alejaban, Cassie los observó y pensó en las primeras impresiones que había sacado de los dos hombres. Los dos debían de pesar más o menos lo mismo. El que había creído que era más alto llevaba más ropa que el otro, que era con el que había hablado y que llevaba sólo un jubón de piel como abrigo. Suficiente para la mayoría de los habitantes de los Highlands. La piel que cubría su pecho parecía impermeable, algo que era de gran ayuda en Glen Orchy y Lochaber.

Tomó nota de otro detalle. La falda escocesa que llevaba puesta estaba separada de la banda que iba al hombro, y cosida. Las tablas de la falda caían hasta sus rodillas. Y la banda iba agarrada al hombro con un broche y sus extremos se escondían debajo del cinturón. Cassie reconoció aquella manera de ir vestido y supo que el dueño de aquella ropa era un hombre que estaría preparado para sacar sus armas en cualquier momento y luchar. Sin duda, debía de ser un Gordon asesino.

Lo que no sabía era de dónde venía, ni a qué clan pertenecía, a pesar de que su porte orgulloso indicaba que pertenecía a un clan. Andaba como un guerrero invencible, como los Gordon.

Tal vez estuviese equivocada. El más delgado de los dos podía ser simplemente un soldado de la sexta guarnición del rey Jaime VI de Inglaterra. Dios no quisiera que fuese un Gordon o un Douglas, haciendo un reconocimiento del terreno. Aquél era el territorio de los MacDonald y el condado de Campbellton. Los rebeldes no eran bien recibidos.

Vio cómo los dos hombres y sus animales descendían por la montaña.

—¡No has averiguado quiénes eran! —exclamó Millie cuando los perdieron de vista.

—¿Y para qué iba a querer saberlo? —respondió Cassie, volviéndose al oír que Ian se había caído. Debía de haberse hecho daño. Llevaba las piernas descubiertas y se quedó sin saber qué hacer, si llorar o apretar los puños. Cassie esperó a ver cómo reaccionaba.

—¡Tal vez fuesen im-por-tan-tes! —insistió Millie mientras ayudaba a levantarse a su hermano—. Venga, Ian, levántate. Inténtalo otra vez.

Ian se puso en pie y se agarró a la cintura de su hermana, haciéndola caer también.

—¡Ian, suéltame! ¡Me estás aplastando!

—No —dijo Ian enfadado. Intentó ponerse en

pie apoyándose en el vientre de su hermana. Cassie fue en su ayuda.

—¿Queréis que patinemos juntos un poco? —le sugirió al niño ayudándolo a levantarse.

Ian le dio la mano sin discutir y Millie hizo lo mismo y los tres dieron la vuelta al estanque sin más incidentes.

—El moreno llevaba un sello en uno de los dedos, así que debe de ser alguien im-por-tan-te! —dijo Millie volviendo al mismo tema.

—¿Uno de ellos era moreno? —repitió Cassie, y luego añadió entre dientes—. ¿Cómo ha podido verlo con tanta mugre?

—Vaya, lo está haciendo otra vez. Está hablando sola. Mamá dice que es porque siempre piensa en voz alta.

—¿Tus padres siempre hablan de mí delante de vosotros? —preguntó Cassie en tono de broma—. Tu padre dice que estoy loca y mi propia hermana me acusa de pensar en voz alta como una niña de cinco años.

Millie, a la que no era fácil distraer, continuó:

—Era un anillo de oro y lo llevaba en el dedo meñique. Tenía una piedra azul. Lo vi claramente, brillando por debajo de sus harapientos mitones.

—Bueno, si tu padre los invita a cenar tendrás la ocasión de tejerle unos mitones nuevos al pobre hombre —dijo Cassie—. Yo no he visto el anillo.

—Eso es porque no estabas mirándole las manos. Sólo lo mirabas a la cara.

Cassie sacudió la cabeza, sorprendida de que su sobrina fuese tan observadora. El hombre tenía unos bonitos ojos azules y llevaba un paquete de parte del padre de Euan. No obstante, si era quien ella pensaba que era, era hombre muerto. Como el resto de los MacArthur y de los Campbell, Cassie había crecido creyendo que el único Gordon bueno era el Gordon muerto.

Cassie se soltó el pelo que había escondido en la capucha, que cayó sobre su capa y volvió a su rostro, llevado por el viento. El sol lo hizo brillar y parecer oro. A Cassie sólo le gustaba su pelo cuando brillaba bajo los rayos del sol.

Esperaba poder recoger pronto su pelo rojizo en un moño, como su madre y sus hermanas. Hacerlo antes de estar casada era lo más parecido a un pecado que podía cometer. Había oído a su hermano James decir que en Inglaterra las chicas solteras de una cierta edad tenían ese privilegio... si asistían a la reina Isabel en la corte. El día que eso fuese posible en Escocia, Cassie daría volteretas por la catedral de St. Giles.

Pensaba que debían haberle otorgado ese privilegio cuando se prometió con Alastair Campbell. Pero su madre se había negado, y había insistido en ello incluso después de que hubiesen enterrado lo que quedaba del pobre Alastair junto a sus otros hermanos, que habían fallecido de niños. Cassie todavía se sentía como si hubiesen enterrado su corazón con él. Hacía más de un año que había fallecido. En ese tiempo, se había firmado un tratado de paz y no había vuelto a haber batallas que interrumpiesen la vuelta a la vida normal.

Cassandra MacArthur cumpliría veinte años en unos días. ¿Cómo iba a ir a las festividades de la primavera con la cabeza alta si todavía tenía que llevar el pelo suelto con veinte años? Suspiró y pensó que era mejor dejar de darle vueltas a algo imposible.

Ian patinó de la mano de su hermana y Cassie se apartó de ellos, concentrada en dibujar figuras en el hielo. Era fácil hacer ochos, sólo tenía que controlar sus faldas. Más complicado era dibujar un círculo dentro de otro.

Las risas de los niños resonaron en el prado y Cassie se dio cuenta de que era feliz en la granja Glencoen, más feliz que en ningún otro sitio de Escocia.

—Tía Cassie —la llamó Ian—. Tengo hambre.

Ella ya lo había previsto y se había metido dos manzanas en el bolsillo. Millie dejó solo a su hermano y fue hacia ella a por la fruta.

—Siéntate a comer tu manzana —le dijo Cassie a la niña—. No quiero que me demuestres cómo patinas y comes a la vez.

—Será mejor que vaya a quitarle los patines a Ian —respondió la niña—. Mamá quiere que estemos en casa antes de que anochezca.

La noche caía rápidamente y muy temprano en invierno. El sol ya se estaba poniendo por el oeste. Millie patinó todo lo rápido que pudo en dirección a Ian mientras mordía una de las manzanas. Luego, empezó a girar alrededor de él, tendiéndole la fruta, pero sin ponerla a su alcance.

—¡Dámela! —pidió Ian.

—Ven a por ella —lo provocó Millie patinando delante de él, cerca del borde. Se detuvo de repente—. ¡Ven, cerdito!

—¡Dámela! —repitió su hermano.

¡Crac! El hielo se quebró debajo de Millie.

—¡Millie, no te muevas! —gritó Cassie horrorizada al ver que la grieta llegaba hasta donde estaba Ian.

—¡Dámela! —volvió a gritar el niño, enfadado por el hambre.

Millie se quedó quieta, agarrando ambas manzanas con fuerza y mirando a Cassie, que fue todo lo rápido que pudo en su dirección.

—Niños... —dijo con el corazón en un puño, pero intentando mostrarse tranquila—... no os mováis, por favor. Ya llego.

—¡Quiero mi manzana ya! —gritó Ian dando un golpe en el hielo con el patín.

El hielo volvió a romperse debajo de sus pies, haciendo un fuerte ruido, como si se hubiese caído un armario lleno de cazuelas y sartenes.

—¡Millie! —gritó Cassie—. ¡Tírate a las rocas!

—Aaaaaah —gritó Ian mientras se hundía.

Millie se subió a las rocas y vio, aterrada, cómo el hielo se volvía a cerrar sobre la cabeza de Ian.

—¿Qué hago? ¡Ian!

—Yo intentaré sacarlo. ¡Ve por ayuda! ¡Quítate los patines y corre, Millie, corre!

La niña se movió con toda rapidez mientras Cassie iba hacia donde se había hundido Ian.

—¡Busca a tu padre! —gritó Cassie antes de hundirse, ella también, en el hielo.

Los brazos y las piernas de Cassie golpearon el hielo, en un vano intento por nadar. Las faldas flotaban y ella se hundía, luego se le enredaron en los brazos y Cassie tocó una roca. En el borde el agua no estaba helada y pudo ver una nube de barro que procedía de donde estaba Ian, pataleando. Cassie dobló las rodillas y se impulsó contra la roca para poder bajar más rápidamente hasta donde estaba su sobrino.

El pequeño estaba atrapado debajo de un bloque de hielo que no se había roto. A pesar del impulso, Cassie tardó una eternidad en llegar hasta el niño. Lo agarró y se dio la vuelta, buscando el agujero en el hielo, ya sin aire y desesperada por respirar de nuevo.

Ian se aferró a ella, tirándola del pelo y golpeándola con los zapatos, los patines y las piernas, e intentando trepar por ella como si su cuerpo fuese una escalera.

Las cabezas de ambos llegaron a la superficie al mismo tiempo y el aire frío contra sus rostros fue como otro golpe más.

—Sss, sss, ven, niño —dijo Cassie con voz entrecortada, levantándolo por encima de la superficie para que pudiese respirar profundamente—. Ya te tengo, cariño, tranquilízate. Es sólo agua.

Ian tosió y vomitó agua. Mientras recobraba el aliento, Cassie buscó a Millie con la mirada y evaluó su precaria situación No veía a su sobrina por ninguna parte, pero el hielo que había bajo las rocas a las que se había agarrado estaba intacto. Los patines de la niña y las dos manzanas estaban tirados sobre las rocas. Cassie se sintió aliviada por un momento. Al menos, uno de los niños estaba a salvo.

Ian, que no dejaba de sacudirse, le pesaba cada vez más. ¿Cómo iba a conseguir salir, y sacar al niño, de aquel lío?

No tenía nada cerca a lo que agarrarse. Ian pareció tranquilizarse un poco, respiró profundamente y tosió de un modo más normal. Se aferró a ella con pies y manos, limitando mucho sus movimientos.

El frío del agua había dejado de molestarla. De hecho, casi parecía que estaba caliente en comparación con el aire.

—Ian, no te agarres a mis brazos. Tengo que nadar para poder salir de aquí, cielo.

El niño la agarraba con tanta fuerza que casi la estaba estrangulando. Además, estaba llorando, asustado, algo normal después de haber estado atrapado debajo del hielo. Cassie lo abrazó un momento con fuerza, utilizando las piernas para mantenerse a flote. Las faldas y la capa se le enredaban en las piernas. El peso de la ropa, además del de los zapatos y los patines, hacía que cada movimiento fuese un gran esfuerzo.

«Millie, Millie, cariño, corre todo lo rápido que puedas», pensó.

El silencio le recordaba lo aislados que estaban. Si quería salir de aquel aprieto con vida y sacar a su sobrino, lo mejor sería que hiciese lo posible por salir de allí sola.

Dos

La granja Glencoen estaba a la vista de los viajeros cuando la niña que habían visto patinando llegó gritando y tambaleándose por el camino, sin aliento y demasiado asustada para poder hablar con claridad.

Consiguió decir «hielo roto», «tía» e «Ian» antes de seguir corriendo en dirección a la granja gimiendo de nuevo como alma en pena.

—¿Qué demonios? —dijo Alexander Hamilton, confundido por el comportamiento y las palabras en gaélico de la niña.

Robert Gordon entendió inmediatamente el mensaje de la niña. Dejó la cuerda de medir que llevaba entre las manos y se dio la vuelta para deshacer el camino, corriendo con todas sus fuerzas. El estanque estaba oculto detrás de los pinos, pero el siguió corriendo, temiéndose lo que podía encontrarse cuando llegase a él.

No vio a nadie encima de la superficie helada del estanque. En la parte sur había una zona en la que se había roto el hielo.

Robert se detuvo en el borde, ya que era peligroso dar un paso en falso sobre la superficie del estanque, y valoró lo que veía. Había una capa de hielo sólido justo delante de sus pies, y luego un montón de trozos rotos. La joven y el niño luchaban por mantenerse a flote al otro lado de la capa sólida de hielo. Sus cabezas subían y bajaban.

Robert se quitó las armas, el cinturón, la escarcela y la banda que llevaba sobre el hombro. Se descalzó, se quitó el gorro, el jubón y pisó el hielo. Sintió lo frío que estaba bajo sus pies.

Vio cómo la chica intentaba colocar al niño sobre la superficie helada que tenía delante, pero el hielo se rompió y el niño volvió a hundirse, aunque la chica no lo había soltado.

Robert se fue acercando a ellos muy despacio. Se le encogió el corazón al ver que la chica volvía a intentar subir al niño y se hundía ella, exhausta, y se quedaba atascada debajo de la gruesa capa de hielo por la que avanzaba él.

El niño gritó lastimeramente al perder de vista a su tía. Robert dio los siguientes pasos con cuidado al ver que el hielo que había bajo sus pies tenía también finas grietas. Agarró al niño y lo sacó de la isla de hielo en la que estaba.

Lo dirigió hacia la orilla y le dijo con voz tranquila.

—Deja de gritar. Yo buscaré a tu tía. Vete hacia la orilla. ¡Vete!

Ian se sintió esperanzado. El otro extraño estaba cerca de la orilla, esperándolo con los brazos abiertos, prometiéndole seguridad y calor. Detrás de él apareció su padre y algunos hombres de la granja.

—¡Papá!

Robert miró atrás para asegurarse de que Alex estaba lo suficientemente cerca para agarrar al niño si volvía a romperse el hielo. Satisfecho, se quitó la falda y metió los pies en el agua helada. Se hundió hasta el fondo, con los ojos abiertos, buscando a la chica entre los hierbajos y los bloques de hielo.

El frío hizo que se quedase sin respiración. La encontró en el fondo, luchando por desatarse la capa del cuello, incapaz siquiera de deshacer el nudo. Una preciosa nube de pelo rojizo la rodeaba, como si se tratase del halo de un ángel.

La doncella tenía los ojos azules muy abiertos. Estaba aterrada. Se sobresaltó al verlo llegar. Él la agarró por debajo de los brazos y la apretó contra su pecho, luego le dio fuerte a las piernas para intentar levantarlos a los dos. Ella no se movió. Algo se lo impedía.

Robert no podía seguir manteniendo la respiración. La soltó y subió lo más rápidamente posible a la superficie, respiró profundamente varias veces, llenando por completo los pulmones. Alex estaba allí, en el borde del hielo, con expresión preocupada.

—¿Qué ocurre, Robbie?

—Está atrapada. Dame tu daga.

Él se la puso en la palma de la mano inmediatamente.

Robert se sumergió de nuevo y buscó los pies de la chica siguiendo sus piernas. Vio el que estaba atrapado entre las rocas, le cortó los cordones de la bota y le sacó el pie.

Los brazos de la chica flotaban a los lados, él volvió a agarrarla contra su pecho y se dio impulso para subir a la superficie. Las cabezas de ambos emergieron. Robert tomó aire y vio que ella se movía con dificultad. Le salía líquido por la nariz y la boca. Robert le apretó el pecho para que expulsase más agua.

La chica había dejado de luchar. Tenía los brazos muertos y las piernas rígidas. Robert le cortó la capa antes de que les hiciese hundirse a los dos. Luego le devolvió el cuchillo a Alex y siguió esforzándose por mantenerse cerca del borde del hielo.

Alex estiró la tela escocesa de su falda, finamente cosida, para que Robert se agarrase a ella. Los hombres de la granja llevaban tablas y cuerda para terminar el rescate.

«Señor, sálvanos», rezó Robert fervientemente mientras le enrollaba una cuerda a la muchacha alrededor del pecho.

Si todavía respiraba, lo hacía con la debilidad de un bebé dormido.

Robert sabía por qué. Era a causa del frío, que le robaba al cuerpo toda su fuerza y entumecía el cerebro. Él mismo estaba empezando a dejar de sentir los dedos.

—¡Ahora! —ordenó—. Despierta, muchacha, te sacaremos de aquí en un momento —dijo agarrándola por la barbilla y maravillándose por su belleza dulce y llena de pecas. La mejilla de la chica cayó sobre su hombro y el agua se escurrió por su mandíbula. Tenía que salir del agua lo antes posible. Alex tiró de la cuerda con toda su fuerza, pero no era suficiente para sacarla del agua con toda la ropa mojada. ¡Estaban tardando demasiado!

Robert se dijo que tenía que darle su propio aliento, así que le cubrió los pálidos labios con los suyos y llenó sus pulmones de su aire.

Aquello pareció despertarla. Abrió los ojos y lo miró fijamente a los suyos. Robert volvió a poner la boca sobre la suya y a respirar por ella. Eso la hizo despertar de su letargo, tosió y volvió a echar agua por la boca.

—¡Bien, bien! —la animó Robert haciendo que apoyase la cabeza en su hombro. Le acarició la mejilla y el cuello para animarla.

Cuando dejó de toser, volvió a agarrarla con fuerza por la barbilla y a respirar en su boca, dándole el único calor que podía darle en aquellas circunstancias. Ella volvió a escupir agua.

Alex, que seguía en el mismo sitio, se tumbó sobre uno de los tablones de madera.

—Robert, ya han asegurado las cuerdas. ¿Puedes atarte? ¿Está la mujer atada?

—¡Sí! —Robert soltó su barbilla y le apoyó la cabeza en su hombro mientras se ataba él también a la cuerda.

—Diles que estiren ya. Y rápidamente. Ya sabes lo mucho que odio los baños de agua fría.

—Sí —murmuró Alex volviendo a gatas por el tablón, ya que sabía que era probable que el hielo se quebrase cuando el caballo tirase de la cuerda.

Y estaba en lo cierto al suponer que todo el estanque se haría añicos cuando el caballo entrase en acción. Euan MacGregor hizo restallar el látigo. El caballo se tambaleó y luego tiró, haciendo subir la capa de hielo que todavía quedaba entera por las piedras y arrastrando a las dos personas por ella hasta la orilla.

Euan MacGregor se quedó horrorizado al arrodillarse al lado de su joven cuñada y desatarle la cuerda que llevaba atada alrededor del pecho.

—Llevaos a mis hijos de aquí —gritó a sus hombres por encima del hombro—. Cassie está muerta.

—No, no está muerta —dijo Robert quitándose la gruesa manta que alguien le había echado por encima y agarrándola una vez más—. Sólo está congelada, la pobrecilla.

Tomó a Cassie en sus brazos una vez más, le abrió la boca y volvió a darle su aliento. Ella movió los dedos de las manos y levantó un brazo para tocarle el rostro levemente antes de apartarlo de su lado para poder toser y respirar por sí misma de nuevo.

Sin el más mínimo reparo, Robert le dio la vuelta y la ayudó a escupir más agua. Sus esfuerzos se vieron recompensados cuando la vio tomar aire por primera vez. Luego lo echó y volvió a inspirar, una y otra vez.

—Se recuperará —comentó Robert confiado.

Le frotó los hombros con fuerza para calentarla. Ella parpadeó y sus mejillas comenzaron a recuperar el color.

Euan MacGregor le puso una manta por encima. Eso era de gran ayuda, pero Robert sabía que lo que hacía falta realmente era llevarla a algún sitio donde estuviese al abrigo del viento y del frío.

Euan se sentó sobre los talones, dándose cuenta

de que acababa de presenciar un milagro. Besó a Cassie en la mejilla y le dio las gracias por haberle salvado la vida a su hijo, luego la tomó en brazos y la quitó del regazo de su salvador.

—Traed al viajero mojado y a su amigo —ordenó a sus hombres mientras tumbaba a su cuñada en el carro—. Se han ganado un lugar en mi mesa y una comida caliente siempre que quieran.

Tres

Robert Gordon y Alex Hamilton saltaron del carro cuando pasó al lado de los dos caballos de carga que habían atado a unos árboles. Cassandra MacArthur, como habían averiguado que se llamaba la joven, estaba consciente y empezaba a recuperarse.

Robert sonrió irónicamente al pensar en su nombre.

Euan MacGregor se detuvo a su lado sólo el tiempo suficiente para repetirles que eran bienvenidos en su casa. Envuelto en una manta de lana, Robert le dio las gracias y le prometió que tanto él como su acompañante, Alex, bajarían inmediatamente. De la misma manera, Robert se negó a que se le tratase como a un huésped importante. No quería aceptar honores que no se merecía y que aquellos austeros habitantes de los Highlands se sentirían incómodos otorgándole a pesar de su heroico acto. Él sólo había hecho lo que cualquier hombre sensato habría hecho.

Por otro lado, Robert agradecería poder tomar una comida caliente.

Euan se detuvo a observar a los dos extraños con intensidad, entendiendo su posición. Él también era así, renegaba del sistema feudal que dominaba en los Highlands. Euan también prefería valerse por sí mismo, teniendo como único código moral su palabra de honor y la palabra de Dios todopoderoso.

—En ese caso, estáis invitado a sentaros entre nosotros si echáis el heno que hay en este carro a los cerdos, que es adonde iba. Si termináis la tarea antes de que se ponga el sol, podréis utilizar el granero para dormir esta noche. Es una invitación justa para cualquier viajero en esta época del año.

—Eso será suficiente para nosotros. Os lo agradezco de nuevo, señor —dijo Robert.

Mientras el carro del granjero se alejaba ruidosamente, Alexander Hamilton fue hacia donde estaban sus alforjas y Robert se acurrucó bajo la manta de lana que tenía sobre los hombros. Alex guardó sus armas y le dio a su amigo una falda y una camisa secas y buscó unas medias.

En aquella parte de Escocia, Alexander Hamilton era un hombre de pocas palabras. Era un hombre de los Lowlands, aunque en Inglaterra se le conocía como el nieto trotamundos del rico y poderoso conde de Arundel, donde tenía sus propias tierras y fincas en Sussex. Su corazón, no obstante, estaba siempre en Escocia.

Cuando Robert se quitó por fin la camisa mojada, Alex habló por primera vez desde que los habían dejado a solas con los caballos.

—A mí no me habría importado que me condujesen al calor de la casa y que me hubiesen tratado como a un héroe durante un mes.

—¿No? —Robert, a pesar del frío, consiguió levantar una ceja al oír semejante tontería—. ¿Y cuánto tiempo crees que habrían tardado, con las mujeres de la casa rondando a nuestro alrededor, en darse cuenta de que no eres más que un maldito inglés?

—Ah, bueno, con un poco de suerte, y conteniendo mi lengua, una semana como mucho —respondió Alex sonriendo. No podía camuflar su acento de Sussex. Eso se lo tenía que agradecer a su madre. De su padre, escocés, había heredado otras virtudes: su sonrisa fácil, su altura y su apellido.

—¡Ja! —exclamó Robert. Dejó caer la manta y se quedó completamente desnudo, luego se frotó con fuerza antes de agarrar la camisa seca que Alex le tendía y ponérsela.

—Supongo que te habrás dado cuenta de que hemos encontrado a lady Quickfoot —se puso los calcetines y las botas rápidamente y se agachó para abrocharse las hebillas.

Alex le dedicó una sonrisa y asintió dos veces antes de mirar a su alrededor para comprobar que no había nadie cerca que pudiese oírlos.

—Y yo que pensaba que no era más que producto de la imaginación. Hemos tenido mucha suerte. Son cosas que no pasan dos veces en la vida, ¿verdad, Robbie?

Alex lo llamó por su diminutivo, ya que conocía a Robert Gordon desde la niñez. Sólo utilizaban sus nombres de pila cuando estaban a solas y sabían que nadie los oía.

—Eso mismo estaba pensando yo.

Las palabras de Alex recordaron a Robert que la carta que el rey le había enviado a lady Quickfoot, Cassandra MacArthur, en noviembre, no había obtenido respuesta. Robert sabía que lady Quickfoot no quería que nadie la encontrase, o eso habían dado por hecho tanto él como el rey desde diciembre.

Personalmente, Robert pensaba que haberla encontrado bajo aquellas circunstancias y haberle salvado la vida tal y como lo había hecho había sido un golpe de mala suerte. En esos momentos sabía que Cassandra MacArthur seguía siendo doncella. Algo de poca importancia para el rey Jaime, pero muy problemático para los dos cartógrafos que necesitaban que los guiase para atravesar el peligroso condado de Lochaber.

Robert se puso la banda por encima del hombro. Volvía a sentir calor en el cuerpo, ya que era muy resistente al frío, como cualquier habitante de los Highlands que se preciase. Se colocó las armas alrededor de la cintura y se encogió de hombros.

—No importa, amigo mío. Insistiremos, como insisten siempre los Gordon.

Cuando Cassie se incorporó en la bañera se sintió completamente recuperada.

—Supongo que estarías aterrada —insistió Maggie, tendiéndole a su hermana una taza con vino caliente, azúcar y especias.

—Sentí pánico cuando vi que Ian estaba atrapado debajo del hielo —admitió Cassie mientras agarraba la taza—. Pero después de eso, no recuerdo mucho más.

A Cassie todo aquel terrible accidente le parecía en esos momentos como un sueño, algo irreal. Sólo recordaba dos cosas con claridad: la desesperada lucha de Ian debajo del hielo y la imagen de un hombre nadando hacia ella en las profundidades del estanque.

Tenía una imagen muy vaga de un extraño besándola, pero debían de ser imaginaciones suyas. Porque después de aquello, recordaba haberle vomitado encima. Y tal y como le había enseñado su madre, lady Claire, esposa de John James Thomas MacArthur, una señorita como ella no podía haberse comportado así.

Así que Cassie apartó aquella idea de su mente y se negó a seguir dándole vueltas, como también se negaba a dormirse, por mucho que le insistiese su hermana.

A Maggie, como le pasaba a su madre, no le gustaba que la gente estuviese sin hacer nada. Por eso, cuando iba a Glencoen, prácticamente no veía a Dorcas, su sirvienta, ni al viejo Angus durante todo el día. Había demasiado trabajo por hacer y todo el mundo ayudaba. Los que eran los tres visitantes más asiduos de la granja adoraban cada minuto de aquel trajín.

Al viejo Angus era imposible verlo dentro de casa, a no ser que alguien abriese una botella de whisky y quisiera que tocase el violín por la noche. Y Dorcas no salía de la cocina. Disfrutaba preparando sus platos favoritos utilizando todo lo que encontraba en la despensa de Maggie, que estaba muy bien aprovisionada. En el castillo MacArthur, donde vivían los padres de Cassie, la cocinera no le permitía entrar en la cocina nada más que para recoger una bandeja o para darle instrucciones.

Cassie se vistió rápidamente y fue a la cocina. Allí estaba sentado Ian, devorando un cuenco de caldo con galletas. Millie acaba de terminar sus deberes en la mesa. Maggie le dio al pequeño Willie a Millie y le pidió que lo llevase a la habitación de los niños. Ian salió de la cocina detrás de su hermana mientras Millie se quejaba de que ya tenía bastante con los números y con tener que entretener al bebé, como para tener que cargar también con Ian. La vida continuaba como siempre.

Cassie pensó que aquello le serviría a ella también para recuperar la normalidad.

Maggie salió de la cocina moviendo las enaguas y Cassie la siguió. Las dos hermanas se parecían mucho, aunque sus rostros eran muy distintos. Maggie tenía el pelo moreno y rizado como su madre. Y Cassie había tenido la mala suerte de heredar el color de pelo de su padre.

Además de ser pelirroja, también tenía sus pecas. Cassie no había conocido a ningún hombre que se tomase en serio a una mujer con las pestañas y las cejas claras, el pelo del color del fuego y la cara llena de pecas.

A Maggie, que era morena y tenía la piel libre de manchas, la tomaban en serio todos los hombres.

Nadie se había atrevido a ponerle motes de pequeña, como a Cassie, que la habían llamado lady Quickfoot ya que, con nueve años, había ganado a los chicos en las carreras. Además, Cassie era delgada, más o menos como su madre, pero con la misma cara que su padre. Tenía la misma nariz recta que él, con una protuberancia justo al principio del cartílago, sus labios grandes y gruesos, que sonreían permanentemente, lo que hacía pensar a la gente que se reía de lo que le decían.

Y, lo peor de todo, había heredado la barbilla de John MacArthur, ancha y rotunda, no tenía la barbilla dulce que hacía que su madre fuese tan guapa.

Cassie se mordió la lengua hasta que hubieron llegado al piso de debajo de la casa. Una vez en el espacioso salón, preguntó:

—Entonces, ¿quiénes vamos a cenar?

—Ah —dijo Maggie, incapaz de contenerse ante la importancia de sus invitados—. Los viajeros, Cassie, que te han salvado la vida. Euan me ha dicho que son los cartógrafos del marqués de Hamilton, y que el rey los ha enviado a hacer un nuevo mapa de Escocia.

—Sí, ya lo sé —se lamentó Cassie.

—¿Cómo lo sabes? —preguntó Maggie sorprendida—. Millie me ha dicho que no hablaste de nada con ellos, salvo de dónde estaba la granja. ¿Cassie? No lo entiendo.

Cassie se encogió de hombros y apartó la mirada de su hermana, ya que no podía explicarle lo que sabía y lo que no le había contado en el mes que llevaba allí.

—Aquí está pasando algo, Cassandra MacArthur —comentó Maggie con curiosidad—. ¿Cómo sabes tú lo que planean un marqués y el rey?

—Yo no he dicho que sepa algo así —contestó Cassie respirando profundamente y sin saber por dónde empezar—. ¿Te bastaría que te dijese que supuse quiénes eran cuando los vi medir el prado alto de los MacDonald?

—No, claro que no. Cassie, cuéntamelo, por Dios. Estamos en deuda con ellos porque han salvado dos vidas, la de Ian y la tuya. Así que tienen derecho a sentarse a nuestra mesa y a que los honremos. ¡Cuéntamelo!

Cassie se obligó a mirar a su hermana a los ojos y, a regañadientes, empezó a contarle que el rey había enviado a un mensajero al castillo MacArthur a principios de diciembre.

—El mensajero traía dos cartas del rey, una para MacArthur y otra dirigida a mí, que me fueron entregadas en mano inmediatamente. Los sellos estaban intactos, así que estoy segura de que MacArthur no conocía el contenido de las cartas.

—¿El rey te escribió? —preguntó Maggie haciendo lo posible por controlar su impaciencia.

—Pues sí, ya ves —murmuró Cassie—. La carta del rey estaba dirigida a lady Quickfoot, pero el mensajero se la dio a Cassandra MacArthur.

—Y su contenido...

—Bueno, era una orden real —dijo Cassie sentándose en el largo banco que había frente a la mesa. Maggie se puso a su lado y le agarró una mano—. El rey Jaime le pedía a lady Quickfoot que actuase como guía a disposición de sus cartógrafos, Gordon y Hamilton, para que midiesen Lochaber. El rey también decía que debían respetarse todas las normas de los Highlands.

Cassie se detuvo antes de contarle a Maggie lo peor, que si lady Quickfoot seguía soltera cuando los cartógrafos llegasen a Lochaber, tendría que casarse con Robert Gordon para cumplir con esas normas. Cassie tenía que admitir que el rey cuidaba mucho los detalles.

Maggie se echó a reír.

—¿Y el rey Jaime le escribió todo eso a lady Quickfoot?

—Sí. Si la carta hubiese estado dirigida a mí, te lo habría contado inmediatamente, pero, así, es tal lío...

—Sí —asintió Maggie sin poder evitar sonreír.

Luego las dos rieron.

—Eso sí que es bueno —dijo Maggie mientras se limpiaba las lágrimas de los ojos—. Pensar que el rey no diferencia la realidad de un cuento infantil... Es tan gracioso. Imagínate qué harías si ordenase a lady Quickfoot que fuese a la corte.

—Supongo que vestiría a Millie y a sus muñecas de manera elegante y las mandaría a la corte —rió Cassie—. ¿A que no sabes quién está detrás de todo esto?

—No. ¿Quién?

—El canalla de tu hermano Jamie —respondió Cassie muy seria—. Ya me lo imagino en la corte, contándole historias al rey.

—Sí, tienes razón, esas cosas son propias de Jamie, que tiene tanta labia como un bardo inglés. Bueno, pues, en ese caso, tal vez te inviten a ir a la corte. Allí podrías encontrar un marido rico. Y no tendrías que quedarte con uno de los que eligiese tu padre, ¿no?

Cassie no quiso comentar nada a ese respecto, lo que hizo que Maggie le apretase la mano con fuerza.

—¿Acaso no estás preparada para crear tu propio hogar, Cassie? —le preguntó.

—Sí, bueno, lo estoy y no lo estoy —contestó ella encogiéndose de hombros. En cualquier caso, no podía hacer mucho para solucionar su situación.

—¿No te ha hecho padre ninguna propuesta desde que enterraron a Alastair?

A Cassie no le apetecía seguir hablando del tema, pero dado que su hermana era tan directa con ella, no veía cómo evitarlo. Después de pensar un momento, sonrió.

—Bueno, sí, me ha hecho una o dos propuestas que han hecho que me salgan canas del susto.

—¿Hombres viejos?

—Más mayores que James y que lord Sinclair, pero no tanto como MacArthur.

—No sería capaz de casarte con un viejo sinvergüenza, ¿no crees?

—No si no vuelvo a enfadarlo. En mayo juró que me entregaría al siguiente hombre que preguntase por mí.

—¿Qué habías hecho? —rió Maggie.

Su hermana pequeña había estado peleándose con su padre desde que había aprendido a hablar. Maggie siempre había supuesto que eso se debía a que los dos eran pelirrojos. Como su hermano mayor, Jamie, y la mayor de todos, Roslyn.

Cassie siempre había luchado por su autonomía. Con diez años había empezado a llamar a su padre sólo MacArthur cuando se refería a él. Maggie no sabía por qué lo hacía, pero siempre había sentido curiosidad. No obstante, ni Cassie ni su padre hablaban nunca de ello.

Cassie frunció el ceño de un modo muy cómico.

—No fue nada. MacArthur favorece a su último confidente, Douglas Cameron. Ya lo conoces, el Cameron que tiene la barba morena y que se pavonea como si fuese un regalo de Dios para las mujeres.

—Sí, ya sé de quién me hablas, hermana. He oído

a mis sirvientas hablar de sus cualidades, porque se ha llevado a la cama a todas las sirvientas de Lochaber. Vamos a poner la mesa mientras hablamos —sugirió Maggie.

Y las dos se levantaron y empezaron a preparar la mesa para la cena.

—Douglas Cameron es un hombre muy guapo —comentó Maggie.

—Los he visto más guapos —la contradijo su hermana.

—Y se lleva muy bien con Euan —añadió Maggie—. Echaron un pulso a ver quién era más fuerte, y resultó ser muy rápido.

—Sí, es verdad que es todo un hombre.

Maggie rió.

—¿Y qué le hiciste al pobre Douglas para que papá se enfadase? ¿Ponerle un erizo en la montura o echarle veneno en la sopa?

—Oh, yo nunca haría algo así —dijo Cassie con inocencia—. Me estuvo cortejando la noche del primero de mayo, y me pidió que fuese a dar un paseo con él. Yo le dije que no, pero que iría a la fiesta del día siguiente.

—¿Y qué ocurrió?

—Bueno, que me dijo que me estaba comportando como una mojigata y yo hice como si no le entendiese. El pobre no sabía cómo explicarse con claridad, así que me agarró y me dio un beso en los labios y me apretujó los pechos como si estuviese ordeñando a una vaca.

—¿Te gustó? —la pinchó Maggie mientras se sacaba un trapo del bolsillo para limpiar la mesa.

Cassie la miró horrorizada.

—¿Acaso el aire de la montaña te ha hecho perder tu sano juicio, Maggie MacArthur? ¡No, claro que no me gustó! Douglas no se había dado un baño desde el día en que le salió el primer pelo de la barba. Huele como un cerdo. Así que le di una bofetada para hacerle entrar en razón y se lo dije. ¿Y a que no sabes lo que hizo él?

Maggie sacudió la cabeza, incapaz de contener la risa.

—¡Intentó meter la mano por debajo de mis faldas! —se quejó Cassie indignada.

—Bueno, Cassie —contestó Maggie todo lo seriamente que pudo—, ¿qué esperabas de un hombre con su reputación si le dices que huele como un cerdo?

Cassie también rió. Y contagió a Maggie.

—Curiosamente, a MacArthur también le pareció gracioso cuando se lo conté.

—¿Y cómo conseguiste zafarte de las garras de Douglas y que papá se enfadase contigo?

—Empujé a Douglas por el muro donde están las piezas de artillería para librarme de él. Se escurrió por el tejado y se cayó al pozo. Luego resultó que había contraído las fiebres palúdicas de los patos y se pasó más de un mes en la cama. A causa de eso MacArthur se perdió el comienzo de la temporada de caza.

—Espera un momento —dijo Maggie levantando la mano—. Eso es en agosto, para entonces, Douglas ya debería haber estado bien.

—Ah, se me ha olvidado mencionar que al caerse también se rompió una pierna.

—¡Cassie!

Ella se encogió de hombros.

—Le estuvo bien empleado al muy bruto. La pierna no se le ha curado del todo. Ya no puede perseguir jabalíes ni seguir a pie a los otros cazadores. MacArthur no sabe qué hacer con él cuando va al castillo de visita. Douglas come tanto como un caballo, por no mencionar el resto de sus encantadores atributos. Mamá está harta y le ha dicho a MacArthur que no vuelva a invitarlo nunca más.

—Ah, ahora lo entiendo. Así que lo que estás diciendo es que, como mamá se ha enfadado con él, te ha amenazado con entregarte al siguiente hombre que pregunte por ti, aunque sea un sinvergüenza. Pues mira las cosas de otra manera, Cassie, ahora tienes a dos hombres entre los que elegir, con los dos cartógrafos que han venido de la corte.

—Uno de ellos es un Gordon y el otro, un Hamilton. Serán hombres muertos si van a Lochaber. Además, no quiero a ninguno de los dos —contestó

Cassie ignorando el escalofrío que le recordó que eso no era cierto—. Y me escaparía a Gales antes de que papá intentase obligarme a casarme con un hombre al que detesto.

Maggie levantó las manos.

—Está bien, hay un país lleno de hombres que podrían cumplir con los requisitos. ¿No te gustó uno de los Maitland que bailó contigo en la boda de Cathy?

—Me gustó hablar con él, Maggie. En realidad, no me gustan los hombres grandes... los guerreros.

—Vaya, no me digas que prefieres un granjero —gimió su hermana—. Te han mimado desde que naciste. Un granjero no te conviene.

—No soy más princesa de lo que eras tú —se justificó Cassie—. He estado pensando en casarme con un párroco.

Maggie puso los ojos en blanco. Lo más probable era que no convenciese a su marido, que era católico, de que fuese a una boda protestante si su hermana se casaba con un párroco, ni tampoco permitiría que entrasen en su casa.

—¿Un párroco, Cassie? ¿Y por qué?

A Cassie no le era fácil dar una explicación, ya que ni ella misma estaba segura del motivo.

—Lo que quiero decir es que me gusta leer, y los párrocos que conozco siempre están leyendo.

—Así que quieres a un hombre educado.

—Sí, y uno que no sienta aversión por el agua —añadió Cassie sonriendo.

—Cualquiera se bañaría si lo pusieses como condición para que te tocase —le aseguró Maggie.

Para Maggie los hombres no eran más que niños grandes, que necesitaban que una mujer inteligente, que supiese lo que ambos necesitaban, los educase. Era evidente que Cassie todavía no se había dado cuenta. Pero su hermana estaba acostumbrada a hacer las cosas a su manera, y pasaba demasiado tiempo leyendo y paseando por el campo, acompañada sólo por un par de hombres de confianza de su padre.

Maggie le dio la vuelta a la mesa y abrazó a su hermana.

—Oh, no te preocupes, cielo. Seguro que el hombre de tu vida está esperándote en alguna parte. No es posible que todos los buenos estén ya ocupados. Tengo que ir a ver cómo va la cena. Pon las velas, por favor.

—Por supuesto —Cassie le devolvió el abrazo a su hermana y la miró con un poco de envidia—. ¿Por qué me han tocado a mí todas las pecas y a ti ninguna?

—Porque Dios siempre deja lo mejor para el final —respondió Maggie dándole un beso en la mejilla antes de darle un último consejo—. Después de poner las velas, ve a descansar un poco. No estás tan fuerte como piensas, y los niños no permitirán que te acuestes sin haberles contado uno de tus cuentos.

Cassie se volvió hacia los armarios. Se cubrió la mano con la boca para bostezar, y eso le recordó que unos dedos extraños le habían tocado los labios. Un extraño honorable que se había tomado aquellas libertades de un modo heroico y generoso. Lo mejor sería no darle más vueltas.

Tampoco volvería a pensar en la carta del rey. No deseaba acompañar a Gordon por Lochaber, ni contarle dónde se encontraban las fortalezas de sus habitantes. El rey se había equivocado con Cassandra y con lady Quickfoot. Pensaba que podía casar a una mujer que no existía.

Lady Quickfoot era un personaje de la tradición oral, que tenía más de doscientos años. No era real. ¡No era Cassandra MacArthur!

Además, un Gordon sería la última persona del mundo con la que se casaría. Los Gordon eran los responsables de la muerte de su querido Alastair. Tal vez Dios perdonase a los Gordon por matar, pero los Campbell y los MacArthur no los perdonaban. Al menos, ella no.

Si hubiese tenido la carta del rey en sus manos en aquellos momentos, Cassie la habría quemado. Al menos, la consolaba pensar que la carta dirigida a lady Quickfoot estaba muy bien escondida en un lugar donde nadie la encontraría, en un panel que estaba suelto en la cabecera de su cama en el castillo MacArthur. Además, nadie sabía que el rey quería que Cassandra MacArthur se casase con un Gordon.

Esperó que aquella noche pasase rápidamente. Ella, en cualquier caso, pretendía acostarse en cuanto lo hiciesen los niños.

Cassie sacó uno de los altos candelabros de Maggie. Las velas de cera de abeja estaban en la despensa, un lugar en el que había humedad y hacía frío todo el año. Agarró su capa y salió fuera. El cielo, que se iba oscureciendo por encima de las montañas, la hechizó. Cassie se detuvo donde estaba y absorbió todo lo que contemplaban sus ojos.

Hacia el oeste, los débiles rayos del sol todavía teñían el cielo invernal, pero hacia el este estaba lo suficientemente oscuro para poder ver cómo brillaban las estrellas.

Cassie se apoyó en la valla, disfrutando del silencio y del viento que rodeaban la granja. Si se quedaba el suficiente tiempo, las estrellas brillarían tanto que parecerían nubes en el cielo, heraldos del carro de Apolo. Estuvo a punto de subir a las montañas, donde siempre se sentía segura y en armonía con los elementos. Eso la habría ayudado a resolver su dilema.

Evidentemente, el tal Robert Gordon no le había mencionado a lady Quickfoot, pero eso no quería decir que no conociese su identidad.

Había algo que molestaba a Cassie cada vez un poco más. Estando sola, era capaz de sentir la mano de Gordon en su pecho, en su garganta y barbilla, y pasándole una tela fría y mojada por la cintura.

Sacudió la cabeza, no quería profundizar en aquellos recuerdos. Tenía que marcharse de la granja de su hermana lo antes posible, cuando amaneciese al día siguiente, antes de que surgiese el tema de lady Quickfoot. Antes de que se mencionase la maldita carta del rey.

Cuatro

Una capa de hielo cubría el agua que Robert había planeado utilizar para asearse antes de la cena. Un cubo no sería suficiente si quería estar presentable para sentarse a la mesa de la señora de la casa. Por sucio que estuviese, se negaba a meterse en el lago más próximo. No quería sufrir dos veces en un día semejante tormento.

Era demasiado civilizado para eso.

El último baño caliente se lo había dado en una posada de Glen Orchy. Se consoló pensando que encontrarían otras posadas de camino a Lochaber. No podía hacer que las mujeres de aquella casa se molestasen en hervir agua para que él se afeitase y se lavase. Trabajaban tan duro como él mismo. Y eso significaba que tendrían que sufrir su presencia con una ligera barba, la camisa arrugada y una falda a la que le habían quitado el barro sólo con un cepillo.

Lavaría todo lo que tenía con agua de algún buen pozo como hacía siempre que iba de viaje. Así pues, entró en el granero y se quitó la falda por segunda noche consecutiva.

Tenía un trozo de jabón amarillento en la mano. La luz del granero era débil, la que proporcionaba un farol de hojalata.

La suciedad de los caminos era una cosa, pero las manchas del estiércol del granero eran otra. Robert metió las manos en el cubo y se negó a utilizar aquel agua para lavarse la cara u otras partes de su cuerpo. Necesitaba agua limpia.

Sacudió las manos para secárselas, tomó el cubo y salió fuera. No había esperado encontrar nieve bajo sus pies descalzos. Su experiencia como viajero y por las frías montañas le habían curtido lo suficiente para notar el frío sólo cuando entraba en calor. Había pequeñas granjas en las que no soportaba entrar. No podía respirar cuando el aire estaba demasiado cargado o cuando hacía demasiado calor o había humo.

De hecho, prefería pasar la noche en el granero, al abrigo del viento. Las granjas como aquélla eran tan difíciles de encontrar como las princesas en Escocia. Siempre que pasaban por alguna vivienda a la hora de la cena, los invitaban a entrar. Y la granja Glencoen les había hecho un favor doble. La comida que se servía en su mesa era abundante y consistente.

Si había una cosa que Robert echaba de menos en aquella misión de cartografía era la comida caliente. Cuando terminase aquel viaje, dudaba que pudiese mirar un conejo dispuesto en un asador. En aquellos momentos, se habría comido el conejo crudo. Siempre estaba así de hambriento cuando terminaba un duro día de camino y montañas.

En junio terminaría la misión. Y nada lo apartaría de las metas que había fijado siempre en su mente, nada. Cuando toda Escocia estuviese medida, se podrían sentar a realizar su siguiente tarea: recopilar todas las medidas, diagramas y dibujos y realizar un mapa de Escocia tal y como era en realidad.

En la tierra de los Campbell, la aprobación de su trabajo por parte del rey pesaba lo mismo que el apoyo del marqués de Hamilton, nada. La moneda de pago en Glen Orchy y en Lochaber era el beneplácito del duque de Argyll, Archibald Campbell. Aunque Robert hubiese conseguido la aprobación de aquel augusto hombre, no habría importado. Él era un Gordon y los Campbell de los Highlands odiaban a todos los Gordon.

Lo bueno era que Robert y Alex sabían más de Escocia que cualquier otro escocés vivo. Habían catalogado la altura de casi quinientas montañas, habían identificado la longitud y latitud de cada aldea, pueblo y ciudad del reino y habían medido el tamaño de cada lago, bahía, ensenada y península de su enrevesada y montañosa patria.

Todo salvo el terreno del condado de Lochaber.

Lochaber era el último. Algún día, muy pronto, el resultado final sería un mapa tan preciso como pudiesen hacerlo.

Era una ambición que llenaría los mejores años de sus vidas, una gran ambición. Habían jurado ante Dios todopoderoso que harían el mapa más preciso que se había hecho nunca de Escocia. Un mapa que los navegantes pudiesen utilizar durante siglos con toda confianza.

Desde la edad de catorce años, Robert había sido asignado a George Gordon, duque de Huntly, como explorador de terreno para su ejército. Robert había aprendido a apreciar los mapas y a protegerlos con su propia vida. Al final, había obtenido su recompensa. Tanto él como sus hermanos y la mayoría de sus familiares estaban vivos y habían conseguido muchas victorias en las recientes guerras civiles.

Demasiadas para los Campbell, que estaban muy mal preparados.

Robert se obligó a dejar de pensar en todo aquello y se dirigió al pozo. Esperaba seguir teniendo suerte aquella noche y que MacGregor abriese una de sus botellas de whisky y los invitase a compartirla.

El barro era más denso cerca del pozo que en cualquier otro lugar de la granja, salvo en la pocilga. Había estado en muchos lugares, pero en ninguno había hecho el suficiente frío para que se congelase el barro que había debajo de los cerdos. Tomó la cuerda y bajó la pértiga con el cazo. El ruido de la fina capa de hielo al quebrarse rompió el silencio.

—¿Quién está ahí? —preguntó una voz.

Robert se volvió hacia ella y vio que había una mujer en la puerta de un cobertizo. Levantó la mano y dijo:

—No os asustéis. Soy sólo yo, Robert Gordon, el cartógrafo.

—Ah, el hombre que salvó mi vida —respondió la mujer con voz atribulada.

Robert entrecerró los ojos para ver mejor y vio que era la misma joven a la que había visto patinar con los hijos del granjero, la doncella pelirroja y con pecas que siempre sonreía. La joven a la que le había salvado la vida, cuyo cuerpo había sostenido y con el que había compartido su aliento. Se preguntó si lo estaría evitando a propósito.

Su lady Quickfoot iba disfrazada de la sencilla hermana de una granjera.

Estaba oscuro. Pero no tanto como para que no pudiese ver su pelo rojo cayendo en cascada contra la capucha negra de su capa de lana. ¿Qué estaría haciendo allí con aquel frío? Estaba quieta, apoyada contra la puerta cerrada. Tal vez sólo había salido a tomar el aire fresco. Esperaba que eso no significase que hacía mucho calor en la casa.

Robert sacudió la cabeza y se dijo que lo que estuviese haciendo allí no era asunto suyo. Lo que tenía que hacer si quería ser sensato era recoger su agua y volver al granero antes de congelarse.

Podría olvidar que sabía que era lady Quickfoot y continuar con su trabajo. No necesitaba la ayuda de una mujer para completarlo. A decir verdad, Robert sospechaba de las motivaciones del rey para querer casarlos. Lo que no sabía era por qué pretendía emparejar a un Campbell con un Gordon. Robert tenía suficiente con su talento y sus conocimientos científicos para completar aquella misión en Lochaber. Aunque el rey no lo creyese.

Ignorando a la bella mujer, inclinó el cazo y echó su contenido en el cubo. El resto cayó sobre una capa de paja sucia y resbaló sobre la nieve, el hielo y el barro, mojando las curtidas plantas de sus pies descalzos.

—Hay una enorme cazuela llena de agua caliente para bañarse en el lavadero que hay detrás de las cocinas —dijo Cassie a regañadientes, suponiendo que era eso lo que quería, dado que estaba allí fuera vestido sólo con la falda.

No le sorprendió ni le impresionó ver a un hombre sin camisa en el exterior y a aquellas horas del día. Tampoco supo por qué le estaba hablando. Tal vez se lo debiese por haberle salvado la vida, aunque esa deuda quedaba salvada con la hospitalidad de Euan. Entonces recordó que Gordon no sólo la había salvado. También había rescatado a Ian. Así que Cassie también le debía algo. Maggie esperaría eso de ella.

—Euan tiene jabón, cuchillas y cepillos para que los usemos todos. Podéis utilizarlos. Su amigo ya ha ido a asearse. Todavía tenéis tiempo antes de la cena. ¿Queréis que os enseñe dónde se encuentra todo?

Robert bajó la vista hacia el cubo lleno de agua fría. No se habría sentido más tentado si la joven lo hubiese invitado a compartir su cama, siempre y cuando las sábanas estuviesen limpias, y su cuerpo suave y perfumado, con olor a lavanda o a rosas.

Hizo un extraño sonido con la garganta que Cassie interpretó como «espera un momento», y luego entró en el granero. Salió poco después, con la banda escocesa alrededor del cuerpo, las botas puestas y el cuerpo muy recto, comportándose como el soldado que era en realidad.

Cassie se alegró de que la noche ocultase su reacción al ver su cara y esos ojos que le habían hecho quedarse sin palabras al despertar y encontrarse con sus labios rozando los de ella. Estaba tan caliente, tan vivo y preocupado, que lo había confundido con un arcángel. Gracias a Dios, no sabía quién era ella. Y nadie de la granja revelaría su relación con lady Quickfoot.

—El lavadero está por aquí —dijo Cassie tapándose con la capa y recogiéndose las faldas. Luego condujo al viajero a la parte de atrás de la casa.

Cassie abrió la puerta del lavadero y miró dentro rápidamente, dejó la puerta entornada. El otro cartógrafo ya se había aseado y se disponía a afeitarse cuando ella le hizo un gesto a Robert Gordon para que entrase.

Lo miró de frente y se preguntó si su guapa cara morena quedaría tan limpia como la de su compañero después de lavarse bien. Asustada por sus propios pensamientos románticos y perturbada por el recuerdo del beso que le había devuelto la vida, señaló con la mano las cubas, los jabones y una enorme y humeante olla.

—Euan y el viejo Angus ya están en el salón, así que utilizad todo el agua que necesitéis. Ahora, perdonadme, pero tengo que ir a buscar unas velas para la mesa.

—Quedo a su servicio, milady —dijo Robert inclinándose delante de ella.

Cassie lo sorprendió haciendo una breve, pero

muy formal reverencia. Luego desapareció de su vista.

Aquello lo puso nervioso, la última persona que le había hecho una reverencia había sido la hija pequeña del duque de Atholl. La muy tonta había pensado que era un caballero errante, un galán aventurero. Era cierto que estaban en Holyrood y que lord Hamilton había insistido en que Robert y Alex asistiesen a una audiencia con su majestad y le explicasen sus ambiciosos planes tanto al rey como a la corte. Los dos amigos se habían sentido entusiasmados, como dos jóvenes insensatos que eran.

Tal y como era apropiado para presentarse ante el rey, se habían vestido con sus mejores galas. Robert Gordon tenía una gran presencia, con aquel cuerpo delgado y atlético y su porte militar, y lo sabía bien. Con veintiún años, había sido un joven muy engreído. Lo más curioso había sido que el propio rey era poco mayor que él, Timothy o Alex, y se había sentido encantado con lo romántico de su altruista búsqueda. En vez de haberse aburrido con su pomposo razonamiento, Jaime VI se había mostrado muy contento.

Si no hubiese sido por la amarga guerra civil que había estallado, el mapa ya estaría terminado en esos momentos.

Pero la guerra había interferido y podía volver a hacerlo antes de que terminase el año. Y Robert aceptaba sus obligaciones. Cuando los Gordon eran llamados a ayudar a su señor, Robert acudía siempre. Aquel día era otro día de paz. El rey había obligado a los Campbell y a los Gordon a firmar una tregua. Y Robert daba gracias a Dios cada día que se mantenía esa tregua, porque así podía avanzar en su trabajo.

En privado, también rezaba porque la paz impuesta por el rey durase otro año más.

La joven cuya vida había salvado era una Campbell. El clan de Robert siempre reconocía a un enemigo, fuese cual fuese su forma. Y él sabía que no debía olvidar aquello cuando tratase con Cassandra MacArthur. Tampoco podía olvidar que necesitaba la paz para conseguir sus metas y terminar el mapa. ¿Cuánto podría afectar lady Quickfoot a la inestable paz? ¿Sería mejor ignorar su identidad por completo?

Robert dejó de darle vueltas a aquello cuando Alex le golpeó la cara con una cuchilla de afeitar. Hizo un agujero en la gruesa capa de espuma que le cubría las mejillas y levantó una ceja. Luego señaló hacia la olla y dijo:

—El agua todavía está caliente.

Cuando Alexander Hamilton se dignaba a hablar, lo hacía normalmente con el acento de los Lowlands. La innata inclinación de Alex a hablar poco con los habitantes de los Highlands se había visto acentuada durante sus viajes por Glenlyon y por su renuencia a seguir aceptando las concesiones de su padre. Le bastaba con tener los fondos necesarios para continuar con su trabajo.

—¿Has visto eso? —preguntó Robert sorprendido.

—¿El qué, Robbie? No, supongo que no.

—Esa joven me ha hecho una reverencia. ¡A mí! Por Dios, si parezco un animal recién salido de una cueva.

Alex lo miró de pies a cabeza y dijo:

—Oh, sí, amigo, tienes muy mal aspecto, y estás tan flaco que casi no se sostiene la falda. Será mejor que le pidas a la señora MacGregor que te cosa alguna tabla más a ese trozo de tela antes de volver a ponértelo.

—Calla, imbécil —Robert tiró la falda y se metió en una cuba llena de agua caliente y jabón.

Se quedó un rato allí sentado, disfrutando del calor del agua, que le llegaba hasta el ombligo.

—Tal vez no sea tan sorprendente. Le has salvado la vida —añadió Alex antes de continuar afeitándose.

Robert apartó aquello de su mente con firmeza. No quería estar en el pedestal de ninguna joven y quedarse allí atrapado, en el territorio de los Campbell. No cuando su apellido era y seguiría siendo Gordon para toda su vida.

—¿Qué tienes pensado hacer con tu lady Quickfoot? —preguntó Alex, que siempre sacaba conclusiones con rapidez.

Robert frunció el ceño.

—Todavía no lo he pensado.

Y tampoco quería hacerlo en esos momentos. Respiró profundamente y notó que el aire de aquel lugar estaba muy aromatizado. El dulce olor a jabón competía con el de la pierna de añojo que se estaba preparando en la cocina.

Uno de los sirvientes de la granja salió de la cocina y pasó por allí. Robert supo que Alex estaría otro rato sin volver a decir nada, así que empezó a lavarse la cabeza, enjabonándose el pelo largo y enredado.

En una estantería que tenía a la altura del codo había jabones y esponjas, cepillos para la espalda y cepillos de pura cerda para quitarse la suciedad que tenía incrustada en los codos, las rodillas y las manos.

Tardó un poco en darse cuenta de que Hamilton se estaba riendo detrás de él. Robert se volvió y miró a su amigo.

—¿Qué pasa?

—Que me parece que debe de haber mucha sangre vikinga corriendo por las venas de los Gordon, Robbie.

—¿Y qué te ha hecho llegar a esa conclusión?

—Que los últimos Gordon que he conocido se deleitan más con una taza de té llena de agua caliente que con un lago entero. Si no fueses tan delicado, podrías asearte con la rapidez de un Hamilton.

—¿No serían los primeros Hamilton enormes y gordas focas?

—Al menos nosotros nos bañamos donde podemos, aunque el agua esté helada —bromeó Alex, luego se agachó para que la esponja llena de espuma que le había lanzado su amigo no le manchase la única camisa que le quedaba limpia.

Cassie frunció el ceño mientras se apresuraba a ir a la despensa. No podía entretenerse más. No quería ver a Maggie asomando la cabeza por la puerta y gritándole que llevase las velas antes de que se enfriase la cena.

Tomó lo que había ido a buscar, pero no pudo evitar volver a pensar en aquel joven reservado. Se había inclinado ante ella con precisión militar, con corrección, elegancia y brevedad. Sin artificios, sin doblar la pierna, lo que habría resultado ridículo dado que estaba casi desnudo.

Con doce gruesas velas guardadas en el pliegue de su capa, Cassie cerró la puerta de la despensa y volvió corriendo al salón. Colocó los candelabros en línea sobre la larga mesa. Por entonces, Sybil y Dorcas ya habían sacado fuentes, jarras y cubiertos.

Cassie se apresuró a subir al piso de arriba a asearse ella también.

Se desató las ballenas y se quitó el vestido de día,

se puso una camisa limpia y planchada y se lavó la cara con agua de menta y se la frotó con avena para aclararse las pecas. Aunque no servía de nada. Tampoco funcionaban el vinagre ni los pepinos, ni ninguna de las exóticas cremas que vendían los gitanos. Se empolvó las que se notaban más y se echó polvos de arroz en la garganta y en los hombros con una borla de algodón.

Sacó su mejor vestido y se lo puso por la cabeza. Dorcas entró a atárselo justo cuando estaba sacando su nuevo corsé bordado para ponérselo encima del vestido.

—¿Ya es la hora? —preguntó Cassie.

—Todavía no —respondió Dorcas. Apretó el corsé y lo ató con sus ágiles dedos.

El vestido, de sarga azul marino favorecía a Cassie, ya que hacía que sus claros ojos pareciesen más oscuros y resaltaba la palidez de sus mejillas. Cassie se sentó para que Dorcas le pusiese los zapatos y se los atase. Era imposible agacharse con el corsé puesto.

—¿Sabe que dicen que uno de esos cartógrafos es un Sassenach?

—¿Un inglés? —preguntó Cassie intentando ocultar su sorpresa—. ¿Cuál de ellos?

—El más corpulento, Hamilton. El guapo es un Gordon, es escocés.

—Dorcas... —susurró Cassie al oído de la otra mujer—. ¿No creerás que han venido a robar el oro de los MacGregor y a degollarnos en mitad de la noche?

—Oh, lady Cassandra —rió la mujer sacudiendo la cabeza—. No me tome el pelo como hace con los niños. Soy demasiado lista para sus cuentos. Permita que le cepille el pelo.

—Sólo bromeo porque sabéis bien que los Hamilton siempre han sido hijos bien criados en Escocia desde la conquista de los normandos, aunque tengan la espantosa costumbre de raptar a ricas herederas inglesas para convertirlas en sus mujeres.

—Los que dicen ser escoceses son de los Lowlands.

—¿Así que sólo tenemos derecho a serlo los que habitamos los Highlands?

—No hay mucha diferencia entre los Lowlands e Inglaterra, ¿o sí?

—Sí. He oído que en ambos lugares se entra y se sale de la cama del mismo modo —admitió Cassie—. Utilizando una pierna después de la otra.

—¡Lady Cassandra! —Dorcas pasó el cepillo por el cuero cabelludo de Cassie—. No debería hablar de cosas tan escandalosas, ni siquiera debería pensar en ellas. Y tenga cuidado, que los niños no le manchen el vestido. Es tan bonito que podría ponérselo para la coronación del rey.

Cassie no pensaba que fuese tan bonito, pero le gustó que Dorcas se lo dijese.

—Gracias, Dorcas. Haré lo posible por no ensuciarlo. No te molestes en cepillarme demasiado el pelo, mañana me lo trenzaré para el viaje de vuelta a casa. Quiero marcharme pronto, antes de que todo el mundo se despierte. ¿Te importaría recoger mis cosas esta noche, por favor?

—Me alegro de oírla decir eso —comentó Dorcas—. ¿Va a decirle a lady Margaret que se marcha?

—Sí, se lo diré durante la cena. Pero no quiero que los cartógrafos se enteren.

—Por supuesto —contestó Dorcas confundida—. Me alegra que nos marchemos.

—¿Y eso? Nunca te ha gustado volver al castillo MacArthur más que a mí.

—Lo cierto es, lady Cassandra, que no quiero asumir la responsabilidad de que esté en compañía de un Sassenach.

Cassie rió. Dorcas pensaba que quería escaparse del pobre Alexander Hamilton cuando no había nada más lejos de la realidad. No era la compañía de ese cartógrafo en concreto la que preocupaba a Cassandra. El que sí la molestaba era Robert Gordon. Aunque todavía no sabía por qué. Y no quería quedarse por allí a averiguarlo.

—Lo asustaremos tanto durante la cena que el pobre querrá volver a Londres antes del postre —dijo Cassie apretándole la mano a su sirvienta.

Una vez vestida y arreglada, Cassie bajó al salón

preguntándose cómo transcurriría aquella tarde en la granja Glencoen. Si a Maggie se le ocurría sentar al pobre Alex Hamilton cerca de Dorcas, era probable que no terminase la cena vivo.

Para gran decepción de Cassie, la cena resultó ser un sufrimiento.

No estaba preparada para ver aparecer a Gordon en el salón de Euan MacGregor. Era evidente que el impacto que habían causado en ella sus ojos la primera vez que lo había visto debía haberle servido de advertencia, pero los ojos eran sólo una característica de las muchas que podían hacer que a una mujer le atrajese un hombre.

Robert Gordon había sacado de algún lugar un fular impecable ribeteado de encaje y se lo había anudado a la garganta, dándole un estilo continental que habría sido más adecuado en la corte del rey que en una granja. Los pliegues de su falda resaltaban su cuerpo alto y delgado a la perfección.

Tenía la cara limpia y afeitada y el pelo recogido en una coleta. E hizo que, nada más verlo, a Cassie se le cortase la respiración.

Sus manos iban puntuando elegantemente sus palabras cuando hablaba. Mientras se tragaba la comida sin tan siquiera saborearla, Cassie lo observó a escondidas, estaba fascinada, pero no quería que nadie se diese cuenta de lo intrigada que se sentía por aquel hombre. Robert Gordon se había transformado, de parecer un vagabundo había pasado a parecer un hombre de sangre real, en tan sólo tres cuartos de hora.

Y la había besado.

Cassie no pudo evitar ruborizarse. Afortunadamente, nadie se dio cuenta. Hasta Maggie estaba demasiado entretenida con las divertidas anécdotas que estaban relatando los dos hombres acerca de sus viajes por Escocia.

Mientras escuchaba, Cassie se dio cuenta de que estaba en presencia de un maestro en el arte del disimulo. Robert Gordon no insinuó siquiera por qué era tan importante para él realizar un mapa de los Highlands. Ni tampoco habló de cuál era la intención de su señor, el marqués de Hamilton, al financiarles aquella audaz tarea.

—¿Por qué deseáis hacer un mapa nuevo de Escocia? ¿Qué le ocurre al actual? —dijo Millie con su voz de soprano, haciendo la pregunta cuya respuesta todos querían conocer.

Robert Gordon colocó ambas manos a los lados del plato vacío que había delante de él, se volvió hacia la niña y le respondió muy serio:

—Porque todos los mapas que existen de Escocia están mal hechos.

—¿Y cómo sabéis que están mal hechos?

Cassie sabía que los niños siempre hacían lo imposible por no aburrirse. Le hubiese gustado aplaudirle a su sobrina, pero guardó silencio al ver que su hermana y su cuñado miraban a Millie con el ceño fruncido.

—Ésa es una muy buena pregunta, Millicent —comentó Robert Gordon.

A Cassie le sorprendió que recordase el nombre de la niña.

—¿Cómo suele saber uno si algo está mal, Millie? ¿Puedo llamarte Millie?

Cassie no pudo evitar dirigir toda su atención hacia él. Los hombres no solían hacer caso a las niñas pequeñas y curiosas, y todavía era más extraño que hablasen con ellas.

Cassie observó cómo se desabrochaba un botón del abrigo con la mano derecha y se la colocaba encima de su delgado estómago. Se dio cuenta de que llevaba los dedos y las uñas tan limpios como ella y frunció el ceño al pensar que aquello era otro punto más a su favor. ¡Maldito hombre! ¿Por qué no dejaba de descubrir cosas de él que le gustaban?

—Ah, sí —contestó Millie—. Todo el mundo me llama así. Yo sé cuándo algo está mal porque mi padre me lo dice —la niña pensó en lo que acababa de decir y luego añadió—: O le pregunto a mi madre.

—¿Y si ellos no pueden darte la respuesta?

Sin dejarse intimidar, Millie contestó:

—Voy a mirarlo en la Biblia.

—¿Has visto algún mapa de Escocia en la Biblia, Millie? —preguntó él.

—No, en la época de nuestro Señor no conocían Escocia. Mi abuelo, lord MacArthur, tiene mapas de Escocia. Los he visto, pero no me deja jugar con ellos porque dice que son más valiosos que las joyas.

—Cuando yo era poco mayor que tú, navegué con mi tío, fui su grumete y aprendí a llevar un barco y a trazar el itinerario que hacíamos cada día por el mar. Aprendí a utilizar las herramientas que miden correctamente la posición de un barco. Voy a ponerte un ejemplo. ¿Sabes a qué distancia está el estanque en el que estuviste patinando ayer de tu casa?

Millie se quedó pensativa. Miró a su padre y luego dijo con orgullo:

—A un paseo.

—Sí —Robert Gordon sonrió a la niña y le dedicó toda su atención.

A Cassie le pareció que era un detalle que le hubiese sonreído a su sobrina. Tenía una sonrisa muy bonita, los dientes blancos y rectos, y la cabeza bien proporcionada. Tenía el pelo castaño, grueso y ondulado, todavía húmedo a la altura de la nuca. Intentó imaginárselo con peluca, pero no pudo.

Se apoyó la mano en la cara y se preguntó qué hacía soñando despierta con un trotamundos vagabundo.

—Tres millas cuesta arriba es un buen paseo para una niña —dijo Robert Gordon, interrumpiendo sus pensamientos.

—¿De verdad? —Millie dejó de mirar al hombre y se volvió hacia Cassie exclamando—: ¡Tía Cassie, no me extraña que no hayamos patinado mucho!

—Es más fácil bajar que subir —respondió ella.

—No con Ian agarrado a tus faldas —comentó la niña mirando a su padre, como preguntándose si él ya sabía que el paseo hasta el lago eran tres largas millas.

Robert Gordon observó a Cassie, que estaba sentada al lado de su hermana. Se parecían y no se parecían. Nunca habría adivinado que eran hermanas a no ser por aquellos ojos azules tan parecidos. Se dirigió a ambas, pero con sus palabras refutó el comentario que había hecho Cassie.

—Cuesta arriba o cuesta abajo, es la misma distancia. Y ése es el problema con todos los mapas que existen de Escocia. Que ninguno es preciso. Es un país mucho más grande de lo que pensamos. Tiene miles de preciosas bahías, ríos, ensenadas, lagos, islas y penínsulas. No es sólo un trozo de tierra pegado a Inglaterra, como lo han dibujado en la mayoría de los grabados.

Lord MacArthur tenía algunos de esos grabados en su estudio, mapas de Inglaterra, España e Irlanda. Cassie nunca se había entretenido observándolos para otra cosa que no fuese responder a las preguntas de su tutor. Tampoco le interesaban como lady Quickfoot. En lo que confiaba cuando andaba por las montañas de Lochaber era en su buen sentido de la orientación y en las señales que dejaban el ganado, los ciervos y otros escaladores.

No obstante, su hermano James tenía mejores mapas, que había que desenrollar con cuidado y apoyar en grandes caballetes. No obstante, en la mayoría de ellos, Escocia no era más que un trozo de tierra situado encima de los detallados mapas de Inglaterra, tal y como Robert había dicho.

Millie ya había saciado su curiosidad por el momento. Angus volvió, le había buscado un barril de whisky a Euan para después de la comida. Cassie se volvió hacia Maggie y le tocó la manga del vestido.

—Quería decírtelo esta noche, para que te lo tomases con calma. Si el tiempo sigue siendo bueno, volveré a casa mañana.

—No te vas a marchar a casa mañana —replicó su hermana con voz firme.

—Sí, Maggie, me marcharé mañana —dijo Cassie con la misma firmeza, y luego le dijo por qué para que su hermana no se sintiese decepcionada—. Creo que sería mejor que llegase a casa antes de mi cumpleaños, si no, mamá se molestará.

—¿Y padre?

—Ni siquiera se da cuenta de mis ausencias.

—Venga, Cassandra, ¿cuándo vas a dejar atrás el pasado? Eres más rencorosa que un Campbell.

—No sé de qué me estás hablando.

—Claro que sí, Cassandra MacArthur, siempre le estás dando vueltas —Maggie sacudió la cabeza y añadió un viejo proverbio escocés—: Pobres de los niños nacidos por la noche, porque la luz no los guiará hasta la verdad.

—¿Qué se supone que quieres decir con eso? —preguntó Cassie haciéndose la tonta.

—Que olvidas que eres una niña del invierno, nacida bajo la luz de la luna. Ya va siendo hora de que mires hacia delante. Padre es un hombre mayor, que sólo quiere la paz en su familia y la prosperidad de su país. ¿Qué quieres de él que todavía no te haya dado?

—Nada —respondió Cassie—. Nada en absoluto.

Luego se volvió a mirar a Millie, que se había subido al regazo de su padre y le estaba dando palmaditas en una mejilla.

Euan le agarró la mano a la niña y se la llevó a los labios, le dio un beso en la palma y le pidió que estuviese quieta un momento.

Estaban compartiendo un momento muy íntimo, un momento de amor incondicional entre un padre y su hija. Cassie, que siempre había querido encontrar su héroe, se dio cuenta de que su hermana había encontrado al suyo en aquel granjero sin ninguna ambición.

Por desgracia, Cassie nunca había compartido momentos así con lord MacArthur.

—¿Tú estuviste alguna vez sentada en el regazo de MacArthur de ese modo? —le preguntó a su hermana.

—Oh, sí —respondió Maggie mirando con apreciación a su marido y a su hija mayor—. Miles de veces. Luego venía Cathy, aunque casi siempre tenía que tomarla mamá, porque yo no dejaba que se sentase entre padre y yo.

Maggie sonrió al seguir recordando.

—Con tres años era terrorífica, supongo que estaba muy mimada. Cuando tú naciste, Cathy y yo ya jugábamos juntas y cuidábamos la una de la otra. Padre te tuvo para él solo durante mucho tiempo, eras su bebé, su orgullo y su alegría.

—Pues yo no me acuerdo de eso —dijo Cassie.

—¿No?

—No. Los primeros recuerdos que tengo son del día que vino un mensajero a decirnos que James se había perdido en el mar.

—Pero, Cassie, si por entonces ya eras muy mayor. Debías de tener ocho o nueve años como poco. Yo tenía más de doce. ¿No te acuerdas de cuando se marchó James? Dios santo, las peleas y discusiones... Yo pensé que padre y James se iban a matar el uno al otro.

Cassie sacudió la cabeza.

—Yo sólo recuerdo que Jamie fue desterrado y que se le prohibió que volviese a poner un pie en Achanshiel.

—Siempre hemos vivido en una casa muy tempestuosa —comentó Maggie dando un trago de vino, luego miró a Cassie, preocupada—. Fue un pasado inquietante, pero Jamie volvió a casa, y padre lo perdonó, gracias a Dios. Así es la vida. Cada uno escoge su camino y encuentra su propia felicidad.

—Eso ya lo sé, Maggie, no soy tonta —respondió Cassie mirando a los otros comensales, consciente de que no habían incluido a los hombres en su conversación.

A ellos no parecía importarles, estaban hablando de ganado y cultivos. Una señal inequívoca de que la cena estaba llegando a su fin.

—Por supuesto que no lo eres. Y, hablando de Jamie, ¿crees que Janet o él irán a casa para tu cumpleaños?

—No creo. Tal vez venga Cathy. No vive lejos y no tiene hijos que los aten a George y a ella.

—Cathy me debe una carta —dijo Maggie—. ¿Y Roslyn? Me prometió en su última carta que volvería a casa cuando se celebrase una boda.

—A mí me prometió lo mismo, pero no me ha traído suerte.

—Ven, ayúdame a acostar a mis angelitos. Eres

muy buena inventándote historias y a Millie le encantan los cuentos.

Maggie se levantó y se disculpó delante de los hombres. Cassie la siguió, llevándose a Millie, que se bajó del regazo de su padre con la promesa de que le iban a contar un cuento.

A los niños les gustaban los cuentos largos, pero esa noche Cassie les contaría uno corto, ya que estaba muy cansada. La siguiente vez que fuese a verlos, Cassie se inventaría una nueva y emocionante aventura de lady Quickfoot.

Cinco

Robert sintió una mezcla de emociones al ver marcharse a las señoras. Necesitaba hablar con Cassandra MacArthur en privado. Lo había pillado desprevenido un rato antes, cuando estaba en el pozo, y no había ido vestido para hablar con ella. Al reflexionarlo, tuvo que admitir que su elegancia en el vestir le había sorprendido. No era la sencilla hija de un habitante de los Highlands. No, aquella fina capa de terciopelo pertenecía a una muchacha adinerada, al igual que el elegante vestido con el que había cenado. Sus refinados modales durante la comida habían confirmado sus sospechas.

Robert también había notado que nadie en aquella granja se refería a Cassandra MacArthur como lady Quickfoot.

Era simplemente Cassie para todo el mundo. Pero su hermana tampoco exigía un tratamiento especial, a parte del de esposa de Euan MacGregor, a pesar de que las dos eran hijas de un padre y una madre con títulos.

Ni Robert ni Alex tardaron mucho en retirarse después de la marcha de las señoras. Después de una segunda copa de whisky, fueron a acostarse al granero.

Había helado y corría el aire, algo que no le molestaba a Robert. El cielo estaba despejado, pero era probable que hubiese niebla a la mañana siguiente. Era imposible adivinar si la nieve, que había empezado a fundirse, amanecería helada.

Alex se enrolló en una manta de lana, encima de un montón de heno. Robert se quitó la chaqueta y el chaleco, los enrolló y los guardó con cuidado, luego se envolvió también en una manta, como había hecho Alex.

Después se quitó la banda y se la iba a poner alrededor de los hombros cuando oyó que golpeaban suavemente la puerta del granero.

Allí estaba lady Quickfoot, con su vestido oscuro fundiéndose con las sombras de la noche. Sus labios esbozaron una encantadora sonrisa y Robert pudo ver cómo le brillaban los dientes al hablar, aunque por su expresión era evidente que estaba allí para cumplir una tarea que nadie más llevaría a cabo.

—Mi hermana me ha sugerido que os traiga unos edredones y se disculpa por no tener en la casa ninguna cama libre. Si se quedan, mañana podrán instalarme mejor, porque yo me marcho al amanecer.

Llevaba en los brazos unos edredones de retazos y almohadas de plumas cubiertas de muselina. Robert se quedó sorprendido. No quería que se marchase. Y no entendía por qué. Alex roncaba suavemente desde su lecho de lana y heno.

—Angus dice que se van a helar los jamones de la bodega —esbozó una sonrisa que hizo que le bailasen las pecas del rostro.

Al ver aquella sonrisa, cauta y pícara al mismo tiempo, Robert no fue capaz de seguir manteniéndose distante y sonrió también.

—No deseamos que os preocupéis por nuestra comodidad —dijo educadamente.

Tomó las colchas de sus brazos y rozó su pecho al hacerlo. Los dos se quedaron de piedra, conscientes del inesperado contacto físico.

—Disculpadme —se excusó Robert rápidamente, dando un paso atrás para dejarle sitio a ella.

—¡Oh! —dijo Cassie entre dientes. Hizo un gesto con la mano, como quitándole importancia al roce y mirando hacia el lugar en el que dormía Alex.

Aquel leve e imprevisto contacto hizo que Robert volviese a ser consciente de su belleza.

«Contrólate, Robbie», se dijo al notar que su cuerpo también reaccionaba. «Mira por dónde vas con esta muchacha».

—No pasa nada —Cassie ignoró deliberadamente la inquietud de Robert—. Estaba buscando una excusa para venir a hablar con ambos. Aunque veo que vuestro amigo ya está dormido.

—Sí —contestó él mientras dejaba las colchas encima de un montón de paja limpia. Cuando terminó, se volvió hacia la joven. La miró con más cautela, dado que su cuerpo se había interesado seriamente por ella. Era una mujer muy bella. Aunque Robert no olvidaba que estaba en territorio enemigo y que ella, en esencia, era el enemigo.

Cassie no había retrocedido.

—¿Y de qué deseabais hablarnos? —le preguntó.

Ella levantó la barbilla y se irguió todo lo que pudo. Aun así, su cabeza no le habría rozado la barbilla si la hubiese tomado entre sus brazos.

—Quería daros las gracias por haberle salvado la vida a Ian. Os agradezco mucho que volvieseis al estanque a ayudarnos. Los dos estaríamos muertos en estos momentos si no hubieseis actuado con tanta prontitud. También estoy segura de que lord MacArthur querrá recompensaros por vuestra valentía. Siente una ternura muy especial por Ian.

—¿Y por vos no, señora? —preguntó Robert, un tanto confuso por la interpretación de los hechos que había hecho la chica, al fin y al cabo, había sido ella quien había salvado al niño.

Ella frunció el ceño un segundo antes de volver a relajarlo.

—No soy yo quien debe responderos a eso. Sólo soy una de sus hijas, mientras que Ian es el mayor de sus queridos nietos. Como bien sabéis, en los Highlands los hijos tienen un papel distinto al de las hijas.

Robert iba a contestar, pero ella levantó una mano para que esperase a que hubiese terminado.

—Por favor, permítame que diga lo que he venido a decir. Ha llegado el momento de hablar con claridad. Euan se siente demasiado agradecido como para hacerlo. Ni vos ni vuestro amigo, Hamilton, sois bienvenidos en Lochaber. Si insistís en viajar por aquí, tal vez tengáis problemas. Así que, por favor, descansad esta noche y marchaos mañana por donde habéis venido. Volved a Edimburgo a hacer vuestros dibujos y dejadnos tranquilos. Yo me ocuparé de que seáis recompensados por vuestra heroicidad.

Cassie tragó saliva, aliviada después de haber dicho lo que tenía que decir lo menos descortésmente posible.

Luego hizo una breve reverencia y se dio la

vuelta para marcharse antes de que la inundase aquel incontrolable deseo de besarlo.

—No podemos marcharnos —respondió Robert antes de que se marchase—. A no ser que aceptéis que vuestro famoso Ben Nevis no es más que una colina.

—¡Una colina! —repitió Cassie sorprendida—. ¡Eso es ridículo! ¡El Ben Nevis es la montaña más alta de toda esta isla!

—¿Sí? ¿Y cuánto mide?

—Cerca de cinco mil pies. ¡Yo misma lo he escalado!

—Lo dudo —la retó Robert—. ¿Y qué otras montañas habéis escalado en Inglaterra y Escocia para poder compararla con ellas? ¿Y qué sistema utilizasteis para medir esos miles de pies?

—No os burléis de mí. Todo el mundo sabe que no hay montañas de verdad en Inglaterra.

—¿Habéis estado en Devonshire y en Lancashire y lo habéis visto con vuestros propios ojos? ¿Habéis recorrido toda Inglaterra a pie, milady? ¿Habéis utilizado la escala y las matemáticas para calcular la profundidad de los barrancos de Sassenach y sus valles? ¿Sabéis que para que las medidas sean científicas hay que tener en cuenta el nivel del mar?

—¡Por Dios santo, habéis vuelto a hacerlo! —exclamó Cassie mirándolo fijamente a los ojos. Sacudió la cabeza y habló con más seriedad e ímpetu que antes—. ¡Tened cuidado con lo que decís! ¿Queréis que sea todavía más franca? Terminad vuestro viaje aquí, en Glencoe. ¿Acaso no entendéis que os matarán si os adentráis en Lochaber? ¡Sois un Gordon!

—Eso no importa.

—¿No? Seguid adentrándoos en las tierras de los Campbell y veréis si importa o no. ¡Es una locura! Volved a Edimburgo y a la corte del rey y dad por terminado vuestro trabajo.

Cassie volvió a darse la vuelta para marcharse, enfadada por haber perdido el control y haber dicho más de lo que había pretendido decir.

—Os comprendo, pero no podemos marcharnos. Tenemos una misión sagrada, y la aprobación de nuestro rey, lady Quickfoot.

Cassie se quedó paralizada. Sabían quién era. Se dio la vuelta para mirarlo de nuevo.

—¿Cómo me habéis llamado?

—Lady Quickfoot —repitió él fríamente—, que es quien sois.

—¡De eso nada! —negó Cassie airadamente, con el rostro y la garganta colorados.

Robert levantó la mano para hacer que bajase la voz.

—Vuestra fama como conocedora de la gran cañada de Escocia y de Lochaber llegó hace tiempo a Edimburgo y a oídos del rey. Estoy seguro de que no deseáis llamar todavía más la atención de la corona. Vuestros modos de divertiros ya han aumentado bastante vuestra fama.

—¿Qué se supone que queréis decir con eso? —preguntó Cassie entrecerrando los ojos. Habría apostado porque Robert Gordon sólo estaba haciendo conjeturas, y se negaba a darle la razón—. Os digo que no soy lady Quickfoot. Esa mujer no es más que...

Sin saber por qué, Robert levantó la mano y le puso los dedos en sus calientes labios, haciéndola callar. Ella inspiró profundamente y retrocedió un paso.

—Negadlo si queréis, pero no os servirá de nada. El rey sabe perfectamente lo que ocurre en este condado, y en los demás. Vuestra identidad no es un secreto —razonó Robert—. Incluso vuestro hermano, James, presume de vuestros ambiciosos logros. ¿Por qué negarlo ahora?

—La respuesta debería ser obvia, señor. Y vuestras palabras me están oliendo a amenaza —Cassie tragó saliva y se mordió la lengua.

Lady Quickfoot no era más que una heroína imaginaria, un personaje de los cuentos que se transmitían oralmente en el clan de los MacArthur. Era cierto que ella ayudaba a extender esa fama contando sus cuentos, pero eso no la convertía en lady Quickfoot, porque, en realidad, nadie podía ser lady Quickfoot, ni hacer lo que hacía aquella heroína.

—¿Qué hay de amenaza en lo que os pide el rey, Cassie? Sólo quiere que hagáis lo que ya habéis hecho muchas otras veces, hacer de guía por unos caminos que conocéis muy bien —Robert sacudió la cabeza, estaba confuso, no entendía por qué la muchacha se empeñaba en negar su identidad.

Aunque, en realidad, lo que más lo confundía eran sus propios actos. Ella le había dado la oportunidad de decirle al rey que no había dado con lady Quickfoot. ¿Por qué la estaba descubriendo?

—¿Qué es lo que queréis? —preguntó Cassie, sin dejarse impresionar porque Robert fingiese no saber lo que su rey había pedido en realidad. A ella no le habría importado hacer de mero guía, pero el rey le pedía mucho más que eso. Le pedía mucho más de lo que Cassie le daría nunca a un Gordon.

—Lo que necesito es muy sencillo, lady Cassandra. El rey desea que nos acompañéis a Hamilton y a mí para que podamos completar nuestro trabajo, o, más bien, os ha ordenado que nos acompañéis. ¿Os negáis a obedecer a vuestro rey?

Robert no sabía por qué le había dicho eso, en vez de limitarse a pedirle ayuda. Lo cierto era que su presencia sólo entorpecería el trabajo, involucrándolo en un devaneo amoroso para el que no tenía tiempo en realidad. Tal vez él estuviese tan loco como su rey.

—Una cosa es lo que ordena el rey —respondió

Cassie—. Y otra, que haga cumplir sus órdenes aquí, en los Highlands. Lochaber está muy lejos de Edimburgo.

—¿Estáis rechazando al rey, milady? —preguntó Robert, a pesar de que una voz en su interior le decía que aceptase la negativa de la muchacha, que el rey lo entendería a pesar de no darse cuenta de lo joven que era, y de que seguía siendo una doncella de los Highlands.

—No soy vuestra lady —replicó Cassie, que recobró la compostura y miró a Robert con abierta hostilidad.

Ya no le importaba que le hubiese salvado la vida. Se aferró a la imagen de Alastair Campbell y se recordó que en esos momentos estaría casada con él si los Gordon no lo hubiesen matado. ¡Qué el diablo se llevase a aquel guapo viajero!

—Estamos en mitad del invierno, señor, y el peor tiempo todavía está por llegar. Todos los pasos de montaña están llenos de hielo y nieve. No voy a arriesgar mi vida, ni mi reputación por un ridículo capricho del rey. Si esa razón no es suficiente para convenceros, permitidme que os hable con toda franqueza.

Hizo una pausa antes de continuar:

—Mi padre es John MacArthur. Os matará en cuanto se entere de que sois un Gordon. Todos los hombres de su castillo sienten lo mismo por los

Gordon. Y aunque mi padre os dejase vivir, por lo que hicisteis por Ian, no podría garantizaros que saldríais vivo de su castillo. Y nuestro vecino más cercano está casado con mi hermana. Medid el Three Sisters, que está a un día de camino de la granja de Euan, y terminad ahí con vuestro viaje. Porque intentar ir más allá sería como firmar vuestra pena de muerte.

Le había hablado con toda sinceridad. Robert observó su rostro femenino, endurecido por el recuerdo de la reciente pérdida de su prometido. Podía imaginar que el hombre con el que iba a casarse había muerto en alguna batalla.

Mirándola mejor, se dio cuenta de que no era tan joven como había pensado al principio. Había calculado que tendría unos dieciséis años cuando la había visto en el estanque. Sin duda, era más madura. Debía de tener al menos veinte años.

Robert reflexionó, porque todo lo que Cassie acababa de decirle acerca de su padre, lord John MacArthur, era verdad.

—No deseo ser vuestro enemigo, pero tenemos que cumplir con los deseos de nuestro rey relativos al tratado de paz que han firmado nuestros señores. Si vuestro padre o el mío volviesen a tomar las armas y a luchar, eso significaría la muerte para los rehenes Gordon o Campbell que hay en Edimburgo. Yo, personalmente, no deseo la muerte de inocentes a causa de mi comportamiento, ni creo que vos la deseéis tampoco. Debemos poner a un lado nuestras diferencias y trabajar juntos por Escocia. No tenemos elección. Así habría sido si nuestros caminos no se hubiesen cruzado. Yo no soy un hombre que se ande con artimañas. Y sólo declararé lo que sea verdad —razonó Robert—. Nos hemos encontrado, señora, y lo único que puedo hacer es seguir con el juego, hasta el final.

—No habéis escuchado ni una palabra de lo que os he dicho. ¿Os dais cuenta del riesgo que correría si os guío por las montañas? Tal vez fuese capaz de engañar a los MacArthur, y a un MacDonald o dos, ¿pero cuántos Campbell creéis que se prestarán a esconderos aunque vayáis conmigo? Todos sospechamos lo que hay detrás de vuestro mapa. Y esta tierra es de mi clan, ¡y de nadie más! ¡Debéis marcharos!

—El rey quiere que hagamos nuestro trabajo.

—Sí, pero los reyes van y vienen. Como sus caprichos.

—Hacer un mapa del país no es un capricho. Todos los continentes tienen sus mapas trazados. Y ningún señor de los Highlands tiene derecho a frenar el conocimiento de nuestro mundo.

Cassie frunció el ceño y apretó los labios con desaprobación.

—Lo siguiente que me diréis es que el hombre explorará algún día la luna.

—Todo llegará a su debido momento, lady Quickfoot.

—¿Os habéis parado a pensar lo que harán los hombres cuyos corazones están llenos de odio con vuestra recopilación de conocimientos acerca de Escocia? Los ingleses utilizarán esos mapas de los Highlands para destruirnos.

Cassie acababa de esgrimir el argumento más habitual en contra del trabajo de Robert. Los escoceses tenían motivos para desconfiar de los ingleses, pero él no estaba trabajando para Inglaterra, sino para que Escocia progresase.

Robert sacudió la cabeza, rechazando lo que acababa de decir Cassie.

—No, no lo harán. Sacaremos del mapa más cosas buenas que malas. La ignorancia es algo que no soporto. ¿Cómo habéis obtenido vuestra fama como guía? ¿Nadie os enseñó lo que sabéis acerca de las montañas de Lochaber?

—Por supuesto que me han enseñado a seguir las señales, incluso cuando el suelo es de piedra.

—Ni el rey ni yo os pedimos que nos contéis vuestros secretos. Sólo queremos vuestra ayuda como guía.

—No queréis entenderme, señor —dijo Cassie levantándose las faldas, y sacudiéndose la broza que se le había pegado al dobladillo—. Estoy malgastando mi tiempo con vos. Ya os he dado el mejor consejo que podía daros, y vos habéis decidido ignorarlo. No puedo ayudaros. Arruinaría mi reputación. No tenemos nada más de qué hablar, señor. Buenas noches.

Intentó marcharse, pero Robert utilizó la baza que le había dado el rey.

—¿Habéis tenido noticias de vuestro hermano recientemente?

Seís

Cassie pisó con fuerza una tabla que había suelta en la puerta, haciéndola crujir, y giró sobre ella. Le brillaban los ojos cuando miró al viajero, cuya mirada descarada y calculadora seguía posada en ella.

—¿Qué queréis decir exactamente con eso, señor?

—¿Tiene vuestro hermano la costumbre de quedarse en Edimburgo durante el comienzo de la temporada de caza? —preguntó Robert.

—No, suele volver a casa, como es costumbre en nuestra tierra —dijo Cassie, a pesar de que ignoraba los planes de su hermano.

—Pero no estuvo en casa en agosto del año pasado, ¿verdad? —añadió Robert, sin molestarse en desvelar cómo lo sabía él.

—No, no lo hizo —murmuró Cassie, a la que no le gustaba nada la dirección que estaba tomando aquella conversación.

En las últimas cartas que había escrito Jamie, parecía serio, casi desesperado, pero ni su padre ni su madre habían compartido con ella las malas noticias. En su lugar, habían celebrado el Adviento, el día de Navidad, la Nochevieja y el comienzo de la temporada de caza sin la alegre compañía de Jamie, su esposa y sus niños. Cassie sabía que a su hermano las cosas no le iban como habría querido en Edimburgo, pero no quería hablar de ello con un extraño.

Furiosa, pero esperando ser capaz de controlar su lengua, Cassie salió del granero dando un portazo. El frío aire de la noche le golpeó la cara, que le ardía. La vergüenza que sentía la hizo recuperarse.

Sin hacer ruido, Robert salió tras de ella, que estaba respirando profundamente para tranquilizarse.

Su voz hizo que volviese a sentirse furiosa.

—¿Habéis considerado el término «arresto domiciliario»? ¿O cuáles serían las consecuencias para vuestra familia si ignoraseis la orden del rey?

Cassie se dio la vuelta y lo miró. Si hubiese tenido un cuchillo en la mano, habría arremetido contra él.

Como iba desarmada, se limitó a ponerle con firmeza un dedo en el pecho.

—Dejad de andaros con rodeos y hablad con claridad, canalla, u os arrancaré el corazón y haré que os lo comáis. Y no creáis que no sería capaz. Estáis empezando a enfadarme de verdad.

Robert le agarró la mano y se la sujetó, enfureciéndola todavía más. La vio dudar y casi no pudo resistir las ganas de tomarla en sus brazos y besarla. Vaciló antes de ser tan imprudente.

—¡Soltadme! —dijo Cassie intentando zafarse de él.

Robert no obedeció.

—¡Vaya! No sois más que una orgullosa doncella de los Highlands, temperamental y exaltada, como vuestro intrépido padre —rió Robert—. Escuchadme, Cassandra. La reputación de MacArthur de Achanshiel es cien veces más fiera que la de lady Quickfoot. Es un hombre valiente, indomable y salvaje en sus tierras, y que piensa que está fuera del alcance del rey. Pero vuestro hermano mantiene una casa en Holyrood, y su mujer y sus hijos también residen allí. Lo admitáis o no, sirven como rehenes al rey para asegurarse del buen comportamiento de todo el clan en las colinas, y lo mismo ocurre con mi hermano mayor, Connor, su mujer y sus hijos.

Hizo una pausa.

—Estuve visitando a Jamie estas vacaciones porque él me invitó, a pesar de apellidarme Gordon. Y dicha gentileza es la misma con la que se me ha recibido en toda Escocia hasta llegar aquí. ¿A qué se debe vuestra animadversión hacia mí? Yo no le guardo ningún rencor a vuestra familia.

Arrinconada, sujeta y atrapada por la intensidad de su mirada y por su pregunta, Cassie resistió, soltando parte de la verdad.

—Sois un hombre atrevido, Robert Gordon, y eso no me gusta nada.

—El atrevimiento no es un motivo para ser despreciado, señora —dijo él tirándole de las muñecas y sacudiéndola con cuidado—. ¿Por qué me odiáis? Que yo sepa, en toda mi vida nunca le he hecho daño a un MacArthur.

—¿Cómo lo sabéis? ¿Acaso conocéis los nombres de todos los hombres a los que habéis matado? —replicó Cassie.

—Porque nunca he matado a un hombre en un campo de batalla, os lo aseguro. ¿No será que no os atrevéis a decirme a la cara lo que me estáis diciendo con los ojos?

—No os tengo miedo —dijo Cassie con valentía, levantando la barbilla.

Entonces se dio cuenta de que lo había dicho de verdad. No le tenía miedo, sino todo lo contrario. En realidad, le encantaba que la tuviese agarrada, aparentemente indefensa. Podría haberse zafado de él en cualquier momento, pero ni siquiera lo intentó.

—Alastair Campbell murió en la masacre que tuvo lugar en Glenlivet, en las montañas de Strathavon —dijo Cassie—. Íbamos a casarnos el primer día de mayo de 1595. Yo habría tenido diecisiete años, pero ese día nunca llegó, ya que el que iba a ser mi marido ya estaba enterrado por entonces.

Robert le soltó las manos y retrocedió. Él había estado en Glenlivet cinco años antes y había participado en una batalla en la que habían muerto demasiados Campbell anónimos. Aunque no habían sido anónimos para sus seres queridos y familiares, sino sólo para los Gordon que los habían sitiado.

—Ya veo —dijo muy serio.

—Lo dudo mucho —respondió Cassandra frotándose la muñeca izquierda y consciente de que ya no sentía el calor de la mano de Robert sobre su piel.

—¿Acaso esperáis que me disculpe yo por la matanza de ese día, o por la de cualquier otro? Si queréis culpar a alguien, culpad a nuestro rey, que no hizo nada para evitarla, o a los generales, Huntly y Argyll, que mandaron a luchar a niños.

—Ya lo sé —dijo Cassandra muy despacio.

Robert asintió y se pasó la mano por el pelo. Al hacerlo, se le cayó el lazo negro con el que se lo sujetaba. No volvió a declararse inocente y Cassandra retrocedió varios pasos mentalmente.

¿Deseaba oírle decir que no había estado en el campo de batalla aquel día? Sí. Porque con aquello tal vez pudiese justificar los sentimientos físicos que le provocaba su presencia. Si conseguía no odiarlo sin motivos, entonces podría controlar sus sentimientos y todo lo demás. No podía odiarlo, pero sí podía haber permitido que Dorcas le llevase las colchas aquella noche. Si había ido ella, había sido porque deseaba ver a Robert Gordon antes de volver a casa a la mañana siguiente.

Otra cosa que la molestaba era haber sido tan franca con él. De hecho, le había confiado su intención de marcharse de allí nada más empezar aquella absurda conversación. Con respecto a eso, no podía justificarse; ella no era así. Compartía confidencias con sus hermanas, no con hombres de poco fiar.

Él volvió a pasarse la mano por el pelo y levantó la cabeza para mirar la pálida luna. Cassie frunció el ceño al observar cómo su expresión se endurecía. No sabía qué recuerdos habría despertado en él al hablarle de aquellas batallas que debían ser olvidadas.

—¿Estuvisteis allí?

—Sí —contestó él suspirando y dejando caer las manos a ambos lados de su cuerpo. Luego se volvió hacia ella, como con la mirada perdida—. Estuve allí. ¿Dónde si no iba a estar un Gordon cartógrafo... salvo en el frente de su señor, reconociendo el terreno, alerta y buscando los mejores lugares para que se situasen y luchasen nuestros hombres?

Cassie no necesitaba escuchar nada más para justificar su actitud distante, pero algo en el modo en que Robert había hablado no le cuadró. No pudo evitar preguntarle:

—¿Qué edad teníais?

—Diecinueve años, o tal vez menos. Tendría que sentarme a anotar unas fechas que he intentado olvidar por todos los medios. El pasado no es importante para lo que deseo obtener de la vida, por eso intento quitarlo de mi mente. Era más joven de lo que sois vos ahora, milady. Aquel año, y los dos anteriores, todos los días eran agotadores. A menudo luchábamos sin parar, día tras día, tomando un puente o una colina y yendo a por el siguiente. En ocasiones pensaba que el olor a azufre y a sangre me acompañaría toda mi vida, pero he trabajado en olvidarlo. La guerra es algo horroroso, milady, y yo he aprendido que la belleza de la paz debe mimarse y cuidarse como el mejor recuerdo de la niñez. Lo siento por vuestro Alastair, y añadiré su nombre a mis plegarias.

Cassie se apretó la capa contra los hombros al sentir un frío que era más emocional que físico.

—Yo pensaba que Alastair era invencible, porque

mis padres lo acogieron cuando yo era sólo una niña y nos hicimos amigos mucho antes de que nuestros padres decidieran que debíamos casarnos. Lo cierto es que era salvaje e insensato. Un hombre difícil de reemplazar en esta parte del mundo.

—¿Cómo prometido?

—No, como amigo, porque para mí era, sobre todo, un amigo. Mi mejor amigo. Vos y yo no somos amigos, pero os ruego que escuchéis mis advertencias. Los Gordon no son bienvenidos en Lochaber e ir allí es arriesgar vuestra vida. No quiero que se derrame más sangre.

Robert asintió, como si estuviese de acuerdo con ella en eso último. Aunque, inmediatamente después, sacudió la cabeza.

—De acuerdo, pienso igual que vos. Yo también deseo que no se derrame más sangre. No obstante, la contienda ha terminado, lady Cassandra. Y no dice nada bueno de nosotros que guardemos rencores del pasado. A mí lo único que me importa es mi mapa de Escocia. Lo terminaré, y eso significa que mediré Lochaber.

—Mi padre no está dispuesto a olvidar los motivos de su resentimiento. Ni sus hombres tampoco.

—En estos momentos, no es vuestro padre quien está hablando —le advirtió Robert.

—Como queráis. Yo tampoco perdono ni olvido. ¡No puedo hacerlo!

—Decidme, ¿también tramáis la muerte de los mensajeros del rey y hacéis que parezca un accidente? —preguntó Robert levantando una ceja.

Ponía un gesto tan arrogante cuando hacía aquello que a Cassie le dieron ganas de golpearlo.

—¡Claro que no! —se defendió—. El mensajero del rey se marchó del castillo MacArthur sin un solo rasguño. Las lluvias lo sorprendieron en Kinlochy. Pero le aseguro que le habían advertido que no viajase hacia el este. Rancho Moor no es el mejor camino para llegar antes a Edimburgo.

—Un guía MacArthur le habría ayudado a evitar esa zona —comentó Robert, decidido a obligarla a cooperar con él. ¿Cuándo se había vuelto la resistencia de Cassie tan fuerte? Probablemente, en el mismo momento en el que él había arriesgado su propia vida para salvar la de ella en las aguas heladas del estanque.

El día anterior no habría insistido, pero esa noche no podía hacer otra cosa. La propia mujer se había convertido en algo importante para él, era una criatura fascinante. Era como una luciérnaga atrapada en una botella, viva y llena de fuerza. Y estaba unido a ella, ya que le había dado su aliento hasta hacerla respirar de nuevo y casi le era imposible cortar esos lazos invisibles de unión.

Todo habría sido mucho más fácil si Cassie hubiese reaccionado mostrando la atracción que la mayoría de las jóvenes sentían por él. No era un hombre feo, ni desagradable, pero ella actuaba como si fuese despreciable.

—No quiero ni imaginar qué le ocurriría al hijo de vuestro padre si Alex Hamilton o yo sufriésemos un accidente. Una muerte accidental siempre puede explicarse, pero dos o tres, sería más difícil.

—Me estáis amenazando —dijo Cassie abriendo mucho sus ojos azules. No le sorprendía que Robert Gordon hubiese caído tan bajo. Al fin y al cabo, era un Gordon—. Y eso no me gusta nada.

—Lo que os guste es lo de menos. Aquí lo que importa es que nos deis vuestra ayuda. Os aseguro que si Alex y yo no volvemos ante el rey sanos y salvos de nuestro viaje a Lochaber, vuestros paisanos sufrirán el azote de la cólera del rey.

«¡Espera!», pensó Cassie mirándolo a los ojos, unos ojos azules que le habían parecido amables y dulces. Aquel Gordon podía ser tan despiadado e implacable como su propio padre.

—Me dan igual las consecuencias.

Robert observó cómo se le movía la nariz al respirar con furia, mientras le temblaban los bonitos labios. Nunca había sido tan consciente de la belleza de una mujer.

—¿Qué es lo que queréis realmente de mí? —preguntó Cassie.

Aquella pregunta hizo que el corazón dejase de

latirle y que echase a volar su imaginación. ¿Qué habría dado él por enterrar su cara entre aquellos cálidos pechos y sentir esas piernas apretarse contra su cintura mientras hacían el amor apasionadamente en el suelo? ¿Su futuro, su vida, su alma? Aquella joven sería una hermosa mujer para cualquier hombre.

Sacudió la cabeza para librarse de aquellas primitivas ideas y aferrarse al presente.

Decidió utilizar un truco de Alex, que consistía en comportarse como un galán, y se inclinó ante ella.

—Deseo que seáis nuestra guía desde Glencoe hasta el río Spean. Quiero que me deis el nombre de cada pico, río y arroyo por el que pasemos, y toda la información que tengáis acerca de la tierra. Nada que no pudiese contarnos cualquier otra persona originaria de aquí, lady Quickfoot.

Cassie entrecerró los ojos, mostrando su desagrado. Golpeó el suelo con el pie, nerviosa, y barajó la idea de contarle la verdad, que lady Quickfoot no era más que un personaje de la tradición oral de los MacArthur. Pero no dijo nada, prefirió que Robert siguiese engañado.

—Muy bien. Vos ganáis. Partiremos al amanecer. ¡Buenas noches!

Una vez dicho aquello, se dio la vuelta levantándose las faldas y se alejó rápidamente de él antes de que le diese tiempo a hacer más comentarios.

Robert volvió al granero y cerró la puerta con firmeza. El ruido retumbó en las vigas, molestando a las criaturas que estaban anidadas en ellas. Una pequeña nube de plumas cayó sobre su cabeza y sus hombros como una bendición, aquello era un buen presagio.

Robert se quedó completamente quieto, saboreando las repercusiones de la retirada de lady Quickfoot. Sólo entonces, en su ausencia, se dio cuenta del penetrante olor a lavanda de su perfume. Su dulzura le entró por la nariz, tapando el olor a animales y paja. Robert se preguntó qué habría ocurrido si la hubiese tomado entre sus brazos y hubiese besado la perpetua sonrisa de sus labios.

Luego sonrió, sabía que acabaría saboreándolos alguna otra noche, muy pronto.

Pasaron varios minutos antes de que Robert bajase de las nubes y se centrase en su compañero de viaje. Alex estaba cómodamente tumbado sobre la paja, con las manos debajo de la nuca, sonriendo como un idiota.

—¿Has metido la pata con la señora, eh, Robbie? —preguntó Alex.

—¿Eso piensas? —Robert fue a por una de las colchas. La echó sobre la manta de lana que ya había puesto en el suelo y se instaló en su lecho, imitando la cómoda postura de Alex.

—Si fuese tú, tendría cuidado. A esa joven le gustaría verte muerto.

—Sí, ya me he dado cuenta de eso —Robert cerró los ojos y bostezó—. Es una criatura luchadora, ¿no crees?

—Pero no peligrosa, ¿verdad? —supuso Alex, dado que su amigo no parecía preocupado.

—No, no es peligrosa, salvo para el corazón de un hombre —concluyó Robert. Y se temía que su corazón no iba a sobrevivir al viaje a Lochaber.

La carrera desde el granero hasta la casa no fue suficiente para tranquilizar a Cassandra. Aquel maldito Gordon era muy obstinado, y no tenía ni una pizca de sentido común, a pesar de sus estudios. Cassie le dio una patada a una tabla de la valla de la pocilga. Un viejo cerdo gruñó desde el lodo, molesto por los ruidos.

—Oh, cállate —le dijo Cassie, sintiendo que el arrogante comportamiento de Robert le había hecho llegar al límite.

Su cuñado estaba fuera de la casa, dando de comer a los perros. Levantó la mirada al oír llegar a Cassie por el camino del granero.

—¿Algún problema? —preguntó Euan.

Cassie lo miró y sacudió la cabeza con firmeza.

Sabía que su hermana y su cuñado estaban muy agradecidos a los extraños, para ellos Ian era más importante que cualquier otra cosa en el mundo. Cassie no estaba segura de poder o deber sentir la misma gratitud por su propia vida. No cuando tenía la sensación de que estaría mejor muerta antes de que terminase aquella aventura para complacer al rey.

—¿No me digáis que esos viajeros os han insultado? —dijo Euan frunciendo el ceño al ver la cara de Cassie.

—No, han sido bastante civilizados —respondió Cassie al pasar al lado de su cuñado.

Entró en la casa, cerró la puerta con cuidado y se apoyó en ella. El corazón le latía a toda velocidad, y no era por haber ido corriendo desde el granero.

Robbie Gordon le afectaba más de lo que habría debido.

Se sentía atrapada. ¡Maldito hombre! Bueno, pues no permitiría que la acorralase. Vería como Robert Gordon se caía por algún precipicio y no se molestaría en tenderle una cuerda. A veces había accidentes. ¿Quién iba a culparla si le pasase algo a aquel maldito cerdo?

¿Cómo podía pensar en hacer algo así y salir inmune? No podría. Él ya le había dicho cuales serían las consecuencias. La amenaza del rey a su hermano Jamie era real, y Cassie era demasiado lista como para dudar de ella.

Así que el rey y su corte, supuestamente culta, pensaban que lady Quickfoot era una mujer de verdad. Qué tontería. Cassie se preguntó si su propio hermano sería el culpable. ¿Acaso no le había pedido que escribiese las aventuras de lady Quickfoot para poder recitárselas a sus hijos? Sí, y así lo había hecho ella, y le había enviado todos los cuentos que había sido capaz de recordar antes de las vacaciones, para que sus hijos pudiesen aprender acerca de su clan. ¿Qué podía hacer al respecto en aquellos momentos? Nada en absoluto.

Estaba atrapada entre la leyenda y la realidad. Sí, era cierto que conocía aquellas montañas mejor que la mayoría de los hombres de su clan, pero sólo porque había pasado muchos días siguiendo a Alastair mientras Angus le enseñaba todo lo que sabía.

Al principio, siempre habían intentado convencerla de que volviese al castillo. Su padre también había ido a buscarla para llevarla de vuelta a casa. Y a ella nunca le había importado que la castigase con dureza. No soportaba estar sentada, al lado de su madre, cosiendo. Aquello no era para ella. Quería estar al aire libre, con Alastair, recorriendo las montañas, aprendiendo todas las señales, observando a los pájaros y trepando por las rocas, tal y como había oído durante toda su vida que había hecho la legendaria lady Quickfoot.

Angus había envejecido mucho desde la muerte de Alastair y ya no podía ir al mismo ritmo que Cassie. Se hacía mayor y Cassie deseaba a veces que hubiese otro hombre de confianza que pudiese reemplazarlo, porque había veces, cuando estaba en las montañas, que necesitaba la ayuda de un hombre fuerte y valiente.

Robert parecía ser así. Parecía no tenerle miedo a nada, como Alastair. Ambos tenían en común un cuerpo delgado y fuerte, la mirada rápida y la sensatez necesaria para mover a pulso rocas y colgarse como arañas de las paredes de piedra.

«Maldición, maldición, maldición», juró entre dientes. ¿Cómo había podido Dios enviarle a un hombre con aquellos ojos y que fuese un Gordon?

Cassie se frotó la cara y gimió. ¿Por qué estaba húmeda y le ardía el estómago como si llevase días sin comer?

—¡No permitiré que me crispe los nervios! —juró en voz alta—. ¡Es un maldito Gordon!

Cuando se despertó, Cassie tenía las sábanas y el edredón enredados a su alrededor. Dorcas dejó una jarra con agua caliente en la estantería que había al lado de la vela. La miró, sacudió la cabeza y chasqueó la lengua mientras Cassie salía de la cama y se quedaba temblando en el frío suelo.

—Menos mal que duerme sola —comentó Dorcas—. Su marido habría muerto entre las sábanas.

—En ese caso, rezaré por casarme con un hombre rico, para poder tener mis propios aposentos y mi propia cama —respondió Cassie, que seguía del mismo humor que la noche anterior. Y, además, no había descansado nada.

—Sí, y mientras está de rodillas rece también por un coche de caballos —añadió Dorcas—. Y pídale al señor que las carreteras estén pavimentadas y cubiertas de oro en los Highlands.

—Ah, sí. Por pedir, que no quede, aunque sea algo imposible.

Se abrigó para viajar en invierno. En cierto modo, se había descubierto el pastel. Los cartógrafos sabían una verdad acerca de ella: que era la mejor guía de Lochaber. No merecía la pena que se vistiese elegantemente. Así que se puso la ropa que más abrigaba: pantalones de tela escocesa, medias y botas. Se envolvió el pecho con una tira de lana y la banda escocesa y se ató el cinturón en el que llevaba su daga.

Luego se recogió bien el pelo haciéndose una trenza en la parte de arriba y dejando que el resto le cayese sobre los hombros. Así se lo apartaba de la cara, pero seguía llevándolo tal y como requería su estado de mujer soltera. Le parecía irónico poder pasearse por las montañas ataviada con ropa de hombre, armada con cuchillo, arco y flechas, pero no poder recogerse completamente el pelo. ¡Hasta que no estuviese casada! Su pueblo tenía unas normas muy peculiares.

A veces pensaba que la solución sería unirse a algún petimetre amigo de su padre y zanjar así el tema del matrimonio. Casi le merecería la pena causar un pequeño escándalo en el castillo MacArthur, con tal de poder recogerse el pelo. Aunque a su madre le daría un ataque y su padre la estrangularía si se casaba con cualquiera sin su permiso. Su padre esperaba ganar todavía más prestigio con su matrimonio, por eso insistía en que se casase con Douglas Cameron. Y cuanto menos hiciese enfadar a su padre, mejor.

En el piso de abajo, en la cocina, había gachas calientes preparadas. Angus estaba recogiendo las pocas cosas que habían llevado y envolviendo la comida que Maggie había insistido en darles para el viaje. Euan y Angus habían decidido que tendrían que llevar caballos. A Cassie no le parecía una buena idea, teniendo en cuenta el estado de las montañas y el hielo que se había formado durante la noche. Euan decía que los caballos le harían recuperar el tiempo que perdiese a causa del hielo.

Como siempre, su cuñado se salió con la suya. Cassie no podía enfrentarse a Euan y a Angus juntos.

No había amanecido del todo, ya que una densa bruma se cernía sobre el pequeño valle donde estaba la granja, haciendo que perdurase la noche. Los niños todavía no se habían levantado.

Los cartógrafos entraron en la cocina y disfrutaron de la generosa hospitalidad de Euan y Maggie. Cassie tuvo que admitir que eran extremadamente educados y graciosos dándole las gracias a Maggie por haberlos hospedado en su casa.

Cassie terminó sus gachas rápidamente, le dio un abrazo a su hermana y se despidió de Euan mientras salía por la puerta.

—¿Cuándo volverás, Cass? —le preguntó Maggie.

—Pronto —respondió ella—. O cuando padre vuelva a acabar con mi paciencia. Dales un beso a los niños de mi parte. Les voy a echar mucho de menos —le dio un beso de despedida y montó en su poni.

Angus ayudó a Dorcas a sentarse y luego se instaló en su silla con agilidad. Miró hacia el horizonte con los ojos húmedos y luego gruñó, se volvió hacia Cassie y señaló hacia el noroeste y las nubes negras que se cernían sobre el Ben Nevis.

—¿Creéis que hay tormenta?

—Sí —respondió él poniéndose la banda alrededor de los hombros—. Será mejor que nos vayamos y que andemos deprisa. A MacArthur no le gustará que pasemos la noche en las montañas.

Y tampoco era necesario decir que Cassie tampoco tenía ningún interés.

Los caballos de los cartógrafos tenían el mismo

mal aspecto con sus amos a lomos que cargados de equipaje. Las herramientas que habían llevado habían sido colocadas sobre unos ponis de montaña que Euan les había regalado.

Cassie se despidió por última vez de los suyos y luego chasqueó la lengua e hizo que su animal empezase a trotar. Iban a atravesar Glencoe y la cañada escondida de Achanshiel. Y estarían en casa al anochecer, si Dios quería.

Siete

Al poco tiempo de dejar la granja MacGregor, Robert se dio cuenta de que lady Quickfoot y sus sirvientes habían decidido guardar silencio durante el viaje.

No intercambiaron ni una palabra durante la primera hora de camino. También se dio cuenta, cuando el sol empezó a brillar con más fuerza, que cuanto más viajaban hacia el norte, más árida era la tierra, y más profundo el silencio.

Aquel silencio estaba en consonancia con el paso escarpado y rocoso que había encima del río Coe.

No se veían casas. Incluso los pocos refugios por

los que pasaron, en los que podría refugiarse un cazador solitario durante una tormenta, estaban cubiertos de rocas que evidenciaban las recientes avalanchas. La civilización parecía haber abandonado las áridas colinas y la desierta pradera.

Tampoco salieron animales salvajes a amenazarlos. Durante toda la mañana, sólo vieron un águila en el cielo.

El camino ascendente era de una sola dirección. El brillo del hielo advertía que era peligroso salirse de él o aventurarse a cabalgar al lado de otra persona.

Si lo hubiese intentado, Robert podría haberse imaginado que Alex y él iban viajando solos. O más bien podría haberlo hecho hasta que la trenza roja de Cassandra se balanceó unos metros delante de él. Cuando el camino se hizo más ancho y fue posible cabalgar de dos en dos, la sirvienta se acercó a Robert. A pesar de que no dijo nada, el hecho de que se aclarase frecuentemente la garganta hacía que notase su presencia. Después de la primera hora de camino a Robert le entraron ganas de echarse a reír. Hasta Alex hablaba más que aquellas dos mujeres.

Dos horas después de que hubiese amanecido llegaron al final de una estrecha garganta. La débil luz del día casi no traspasaba la niebla que se pegaba al fondo de cada valle. A mitad de la mañana volvían a abordar una subida muy abrupta. La densa niebla empezó a aligerarse y al llegar al punto más alto Robert pudo admirar un paisaje increíblemente bello.

Un mar de nubes cubría todas las cañadas visibles, aumentando la sensación de haber llegado al punto más alto del mundo. Entre las nubes sobresalían los picos de la montaña más cercana, como islas en el mar. Hizo avanzar a su montura hasta ponerse al lado de Cassandra.

—¿Dónde estamos? —le gritó para que lo oyese a pesar del fuerte y frío viento—. ¿Qué lago es ése que hay al final de la cañada?

—Ése —respondió Cassie señalando hacia un hueco que había entre las nubes—... es el lago Leven. El Bidean nam Bian está a vuestra derecha, y la cadena de montañas de Aonach Eagach a vuestra izquierda. Ahí delante, bajo la niebla, está Buchaille Etive Mor.

Robert asintió y anotó mentalmente los nombres y la situación de las montañas. No hacía buen día para tomar medidas.

—¿Por qué venimos por aquí? ¿No hay un camino mejor más abajo?

Cassie se encogió de hombros. Si tenía frío, no daba muestra de ello, aunque tenía los labios agrietados y las mejillas encendidas a causa de la fuerza del viento.

—Éste es el camino más directo para entrar en Lochaber, independientemente del tiempo o de la estación.

Robert frunció el ceño y se volvió a mirar la pendiente que acababan de subir. A caballo parecía imposible de practicar, pero habían ido zigzagueando y ni un solo caballo había tropezado. Sacudió la cabeza y tomó su pequeño cuaderno para anotar algunas cosas.

Luego se puso el cuaderno en la parte interior del codo, humedeció la punta del lapicero con la lengua y tomó sus notas. Cassie vio cómo se concentraba, sorprendida de que no le molestase el viento en los oídos. Tenía los dedos curtidos y rojos y agarraba el lapicero con tanta fuerza que los nudillos habían perdido su color. Era eficiente en la tarea, no tardó más que un momento en completar el dibujo y hacer en él unas extrañas marcas. Cuando hubo terminado se lo guardó todo dentro de la escarcela que llevaba debajo del jubón.

Cassie se volvió y vio a Angus, que había ido a la retaguardia, detrás de lord Hamilton. Los ponis de Euan iban con él, estaban acostumbrados a aquellos caminos.

—Me gustaría volver a venir por aquí para medir con precisión los picos —le dijo Robert—. Cuando haga mejor tiempo.

Cassie no pudo evitar sonreír al oír aquello.

—Es difícil que haga mejor tiempo por aquí. Hoy es un día extraño, cartógrafo —le comentó—. Es extraño que las aguas del río Coe corran tan despacio, normalmente sólo el salmón se atreve a nadar en él. Pronto veréis la prueba.

La estrecha garganta era demasiado abrupta y peligrosa para que las aguas corriesen plácidamente.

—Quiero llegar a casa al anochecer, sana y salva. Así que continuemos —dijo Cassie.

Robert bajó detrás de ella por la parte norte del pico.

—No hace falta que nos hablemos como si fuésemos extraños —dijo, después de haber pasado la mayor parte de la mañana considerando como acabar con las hostilidades.

Cassie se volvió a mirarlo e hizo un esfuerzo por mostrarse molesta.

—Yo preferiría que así fuese.

—Sí, pero no tenéis ni idea de cómo he pasado yo la noche.

—Habéis vivido para ver un nuevo día, eso ya es bastante.

Robert se dijo que aquello nunca funcionaría. Cassie iba con la barbilla muy levantada, con arrogancia, a pesar de que en su interior sus pensamientos eran tan inseguros como los pasos del poni en el que iba montada. Bajaron por otro flanco muy empinado, donde no había signos de que se hubiese fundido el hielo del día anterior. Robert quería romper la compostura de Cassie como rompía el hielo que había bajo las patas de su caballo, probablemente como venganza, por los inquietantes sueños que había tenido durante la noche.

Se había despertado en dos ocasiones de un sueño en el que aparecía una imagen muy clara: una nube de pelo rojo y dorado flotando alrededor de ella como un halo. Su expresión de dolor se convertía en una sonrisa al ver que él era real, y que iba nadando en dirección hacia donde estaba ella. A partir de entonces, y durante el resto de la noche, había sentido el frío de sus labios cuando la había besado para devolverle la vida. En esos momentos, Robert quería besarla y probarla de verdad.

—He decidido que estaremos unidos para siempre, milady. Además, nuestro rey tiene razón. El único modo de terminar satisfactoriamente con los conflictos entre clanes es impedir que sigan reproduciéndose.

—¿Impedir que sigan reproduciéndose? —farfulló Cassie—. Creo que no me gusta cómo suena eso, señor.

—Sí, impedir que sigan reproduciéndose —repitió él—. Nuestro rey cree que puede solucionar las rencillas entre clanes casando a personas de un clan con las del otro. Por ejemplo, casándoos a vos conmigo.

—¿Qué? —Cassie tiró de la brida de su poni, sorprendiendo al animal.

Robert lo agarró rápidamente para tranquilizarlo.

—Sí. No deberíais mostraros tan sorprendida. El rey ya ha comenzado a hacerlo y ha descubierto que es un buen modo de terminar con las enemistades para siempre. Yo he hablado de vos y de mí porque tenemos aproximadamente la misma edad y los dos seguimos solteros.

—No me tratéis con condescendencia. Y quitad la mano de mi montura.

—Os he sorprendido con mis palabras, lo sé, pero tienen mucho sentido si lo pensáis bien. Con vuestra habilidad como guía encajaríais a la perfección como esposa de un cartógrafo.

—Eso es absurdo, Gordon. Ni siquiera me gustáis. Y yo nunca me casaría con alguien que no me gustase.

—Os iré gustando con el tiempo —bromeó él. Estaba flirteando con ella, y después de decir lo que pensaba, se dio cuenta de que le gustaba la idea.

—No seáis loco. Este camino es demasiado difícil para hacerlo de dos en dos. Retroceded y permitidme que continúe. Y dejad de hablar. Vuestras palabras me hacen pensar que os ha afectado el aire de las montañas.

Robert rió con ganas al oír aquello. Luego decidió confundirla deliberadamente, todavía más.

—Anoche soñé con vos, lady Cassandra.

Ella apartó la vista del camino, pero en esa ocasión no hizo que el animal se despistase también.

—No he hecho nada para merecer formar parte de vuestros sueños —espetó con demasiada rapidez.

—Salvo hundiros como una piedra en el estanque más frío en el que me he metido en toda mi vida por voluntad propia —respondió Robert, tan desconcertado por su propia imprudencia como ella misma.

No estaba seguro de por qué estaba haciendo aquello. No tenía por qué haber mencionado su rescate, pero lo había sacado de las profundidades para hacerlo subir a la superficie.

—Lo siento —se disculpó Cassie a toda prisa. Sus mejillas ya coloradas se ruborizaron todavía más—. No pretendía invadir vuestro descanso ni haceros pasar una mala noche.

—Yo tampoco, pero parece que no soy capaz de borrar de mi mente la imagen de vuestro pelo flotando bajo un rayo de sol. Parecíais tan exquisitamente tranquila, una náyade, tan bella que habríais podido formar parte de la corte del rey Neptuno. Demasiado bella para morir tan joven.

Cassie detuvo su poni en un sitio seguro y miró al cartógrafo, que insistía en recordarle aquella intimidad que ella prefería olvidar. Y no sólo eso, le recordaba un momento de horrorosa angustia.

—¿Sería demasiado pedirle que guardaseis el mismo silencio que vuestro compañero?

Robert sonrió. Le gustaba que tuviese carácter.

—Alex no es tan callado, cuando se le conoce de verdad. Ni vos tampoco. Sois demasiado llamativa para mezclaros con el paisaje. Por cierto, que es muy bonito, ¿verdad? Comprendo que no queráis compartirlo con el resto del mundo. Es un lugar muy especial.

Cassie no pudo evitar sonreír levemente, pero se controló para no hacerlo de oreja a oreja. Aquel idiota estaba ligando con ella. Y hacía mucho tiempo que nadie lo hacía tan bien.

—El hielo es demasiado grueso. Será mejor que bajemos de los caballos, por seguridad —desmontó y les dijo que hiciesen lo mismo a Angus, Dorcas y Hamilton, que estaban detrás.

Robert bajó de su montura, contento por poder conducir su caballo en vez de fiarse del animal por aquella pendiente.

Con las riendas en la mano, se puso a andar al lado de Cassie.

—Me da la sensación de que vais más cómoda a pie que a caballo.

Cassie se limitó a asentir.

—Me gusta saber siempre lo que tengo debajo de los pies.

—¿Y nadie en estás montañas se opone a que vayáis vestida como un hombre? —dijo Robert, haciéndole una pregunta que le había rondado desde que la había visto esa mañana.

—¿Quién iba a oponerse? —dijo Cassie, señalando con las manos las rocas que los rodeaban. Si había alguien más por aquellos parajes, no estaba a la vista. Ni siquiera había ciervos rojos, ni águilas que hiciesen frente a aquel cortante viento. Más tarde, cuando el día se hubiese calentado un poco, verían muchos ciervos buscando comida entre el hielo.

—Entiendo lo que queréis decir, pero supongo que alguna vez os encontraréis con alguien —murmuró Robert.

—No creo. ¿Acaso a vos no os parece bien que vaya así vestida? —preguntó ella—. ¿O es a vuestro amigo Hamilton a quien le molesta?

Iba caminando al mismo paso que Robert por el camino cubierto de hielo.

—Yo todavía no estoy seguro. Me gustó mucho el vestido que llevabais anoche. Estabais preciosa.

—¿Querríais que lo estropease viajando por estas colinas?

—No, sois una muchacha sensata, eso es evidente, aunque creo que no me gusta veros vestida como a uno de mis hermanos.

—¿Y cuántos hermanos tenéis, Robert Gordon?

—A decir verdad, dos. Dos niños mimados, gemelos, y los favoritos de mi madre, ya que son los más jóvenes. Douglas y Donald. Si no me equivoco, cumplirán doce años la próxima Noche Oscura, el 29 de febrero. Dicen que son niños que fueron sustituidos por otros al nacer, muy traviesos, y cuando nos reunimos en vacaciones siempre hablamos de sus gracias.

Cassie se volvió a mirarlo al oírlo mencionar la misma noche que había nacido ella.

—Veo que conocéis las historias que cuentan las viejas. Yo también nací ese día.

—¿De verdad?

—Sí, y nadie bromea al respecto. Podría escribirse un libro entero acerca de las supersticiones que rodean a ese día. La verdad es que todas mis flaquezas se achacan siempre a que nací un 29 de febrero.

—¿Cumpliréis veinte o veinticuatro años?

—También podría cumplir dieciséis —respondió Cassie muy seria.

—Sí —rió Robert—. E incluso cuatro a juzgar por la expresión de vuestros labios en estos momentos.

Cassie intentó no reír, pero no pudo contener el sonido que salió de sus labios.

—¿Y no tenéis hermanas, o es que los Gordon sólo criáis guerreros?

—Oh, no, tengo dos hermanas, que están casadas y con hijos, y otros tres hermanos mayores que están al servicio del rey, todos casados salvo yo y los gemelos. ¿Y vos?

—Cuatro hermanas y Jamie, todos casados y con sus propias familias, salvo Roslyn y Kathy, que prefieren atormentar a sus maridos haciéndolos trabajar para conseguir sus herederos.

Robert rió.

—Eso no es ningún trabajo, milady. Creo que el verbo trabajar no encaja en ese contexto.

Cassie se tapó la nariz para protegerla del frío viento.

—No tengo por qué justificar lo que he querido decir con esa palabra —dijo sonriendo, y dando un salto.

Robert prefirió rodear las rocas.

—No pretendía juzgaros, milady —respondió Robert con naturalidad, negándose a entrar en una discusión, en especial, en una discusión acerca de la inocencia de la joven.

—Bien. He estado dándole vueltas a nuestro dilema esta mañana, y creo haber encontrado una solución mejor que la vuestra.

—¿Sí? ¿Y cuál sería? —inquirió Robert. Luego se entretuvo dándole unas palmaditas a su montura, para animar al animal a que anduviese por las aguas heladas sin desbocarse.

—Le escribiré una carta al rey —contestó Cassie sonriendo de oreja a oreja.

—¿Lo haréis? Os ruego entonces que me digáis qué escribiréis en dicha carta.

—Por supuesto —estaba encantada de contárselo, ya que así no tendría que hacer nada más por él—. Le explicaré al rey Jaime que el nombre de lady Quickfoot no es más que una broma de mi familia. Jamie fue el que la empezó hace unos años. Cuando era una niña, me encantaba correr. De hecho, era bastante rápida y podía ganar a cualquiera. Jamie me llamó Quickfoot y me quedé con el nombre.

—Ah, bueno, eso lo explica todo —dijo Robert sin perder de vista el camino que se extendía delante de él, nunca había visto una bajada tan peligrosa.

—En realidad, no soy una guía de los Highlands —dijo estirando un brazo para evitar que Robert pisase una roca cubierta de musgo. Señaló el hielo que la cubría y condujo a su caballo alrededor de la misma. Luego, esperó a que Robert volviese a situarse a su lado.

Robert consiguió no dejar escapar una carcajada después de oírla decir aquello, eso era absurdo, no había más que ver cómo iba vestida. Parecía estar preparada para escalar la cumbre del Aonach Eagach sin ningún esfuerzo. No se había vuelto ni una vez a preguntarle a Angus qué dirección debía tomar. Conocía aquellas montañas del mismo modo que él conocía las líneas y los callos de su mano derecha.

—¿Qué os parece? —preguntó Cassie cuando juzgó que el silencio entre ambos ya había durado demasiado—. Yo creo que eso debería bastar.

—No. Yo creo que es demasiado tarde para que escribáis una carta. Ya estoy aquí y el rey espera resultados. Estáis fingiendo.

—No —murmuró Cassie.

Robert se encogió de hombros.

—Sí, y a mí no me beneficiaría, porque, para vos, da lo mismo que haya un Gordon más o menos, pero, para mí, significa mucho. Si se derramase una sola gota de mi cuerpo los Gordon querrían vengarse. Y entonces, mi bella señora, la sangre de los MacArthur correría como un río por los Highlands.

—Eso es absurdo —dijo Cassie deteniéndose. No estaba dispuesta a ceder—. Morirían tantos Gordon como MacArthur si volviese a haber una guerra. ¡Y ya han muerto bastantes!

—Exacto —Robert le dio la razón rápidamente—. Entonces, ¿por qué culpáis a los Gordon de instigar vuestra destrucción?

Cassie resopló, incapaz de creer lo que acababa de oír.

Decidido a dejarle claro a Cassie lo que el rey tenía en mente, Robert continuó:

—En resumen, se acabaría vuestro modo de vida, muchacha. No entendéis la política tal y como es en realidad. Lo que quiere destruir el rey son los clanes, tanto el vuestro como el mío, y a todas las familias pertenecientes a tribus que vivan en estas montañas. Una vez que lo consiga, la paz se extenderá por los Highlands fácilmente. Y no quedarán por estos parajes nada más que ciervos, ovejas y los lobos que se alimentan de ellos.

Cassie guardó silencio un rato y pensó en todo eso. No lo creía, pero tampoco podía refutarlo, así que prefirió no decir nada. Se volvió a mirar por encima de su hombro para ver dónde estaban sus sirvientes y vio que los seguían a pie, a cierta distancia. El viento soplaba desde sus espaldas, así que no habían podido oír las palabras de Robert. No obstante, ella necesitaba aclarar sus ideas si quería continuar con aquella inútil discusión que sabía que no podría ganar.

La paz del rey había empezado a hacerse efectiva. Había rehenes de ambos clanes, que habían participado en la guerra civil, en Edimburgo, para asegurar que la paz no se rompía. Cassie se giró para mirar los barrancos que había delante de ellos.

—¿No creéis que la reacción que prevéis es demasiado extrema para una simple carta? —preguntó Cassie quedándose donde estaba. El camino que se extendía ante ellos se convertía en un lodazal. Agarró las riendas de su poni para volver a montar, pero no lo hizo, esperó a que el resto del grupo avanzase hasta donde ellos estaban.

—Es la verdad, tan cruda y tosca como un trozo de madera, pero la verdad.

—Y vos conocéis esa verdad. A pesar de vuestra juventud, gozáis de la confianza del rey y sabéis cuáles son sus pensamientos —dijo ella con acidez—. Rivalizaríais con la condesa de Seaforth a la hora de hacer predicciones.

Con la misma decisión, Robert se mantuvo firme en sus ideas y se puso delante de ella, impidiéndole montar en su poni.

—No, muchacha, no necesito que ninguna vidente me diga cómo va a actuar el rey en el futuro. He aprendido todo lo que sé de la historia y del mundo tal y como es hoy en día. Los tiempos están cambiando, Cassandra MacArthur. Si queréis sobrevivir, deberéis adaptaros.

Alex, Dorcas y Angus y los caballos hicieron caer piedras por el precipicio al llegar a su lado.

Robert le ofreció a Cassie sus manos para ayudarla a montar. Cassie, al ver aquel inesperado y caballeroso gesto, dijo:

—Soy capaz de montar sin ayuda, señor.

—Eso no lo dudo —dijo él sin apartar las manos.

—Como queráis. Montad todos. A partir de aquí, seguiremos a caballo —Cassie aceptó la ayuda de

Robert y apoyó la bota llena de barro en sus manos para impulsarse y sentarse en la montura.

Una vez allí, miró a Robert Gordon. Quería decir la última palabra, aunque no hubiese ganado el debate. Sacudió la cabeza y empezó a galopar hacia delante, dejando al cartógrafo limpiándose las manos antes de montar y alcanzarla.

Ocho

No fue Robert Gordon quien se apresuró a alcanzarla para detenerla, sino Angus.

—Deje de brincar por los picos, milady. La nieve se está deshaciendo demasiado deprisa en esta parte de Aonach Eagach. Y eso no nos beneficia. Cese de hablar con ese joven y piense en cómo hacernos cruzar el barranco y en que tenemos que llegar a casa sanos y salvos antes de que caiga la noche.

Cassie asintió, admitiendo su consejo.

Robert se quedó rezagado, esperando a Alex y a la sirvienta. Dorcas se apresuró a pasar delante de ellos y se colocó al lado de su joven señora. Su adusta presencia era impedimento suficiente para que Robert siguiese hablando con lady Quickfoot. No le sorprendió aquel gesto, era evidente que Dorcas no lo apreciaba.

Al llegar al límite de la vegetación arbórea vieron por primera vez y claramente el lago Leven, que llenaba el final de la cañada que bordeaba la montaña. Las corrientes y las cascadas que lo alimentaban hacían que la vista fuese impresionante.

El lago se extendía hacia el este y el oeste y flanqueaba la base de la montaña. Bosques primigenios se levantaban desde su orilla y se extendían hasta donde alcanzaba la vista. No había castillos que lo guardasen. De hecho, la aguda vista de Robert no alcanzó a distinguir ninguna granja, iglesia ni pueblo. No sabía por qué no había señales de vida humana en aquella cañada hasta que Cassie giró hacia el este por un camino que bordeaba el lago. La explicación fue lo primero que oyó Robert después de más de una hora de tedioso silencio.

—Estamos en la parte más meridional de las tierras de caza de mi padre, Glenedon. No obstante, nos quedaremos en las montañas —les dijo a Alex y a él—. Aquella arboleda es territorio de los lobos.

Se detuvieron al lado de una cascada para que descansasen los caballos y para tomar la comida que les había puesto Maggie MacGregor. El viento soplaba con fuerza por encima de los encrespados picos. Por encima de las cumbres de las montañas Mamores, hacia el norte, avanzaban unos nubarrones negros. Robert nunca había visto moverse las nubes con tanta rapidez.

Por el contrario, donde ellos estaban el viento no era fuerte, pero sí demasiado cálido para aquella época del año. Robert se desenrolló la banda e incluso pensó en quitarse el jubón mientras estuviesen allí.

—¿Qué os parecen esas nubes? —preguntó Robert, que había pasado por encima de unas rocas para acercarse a Angus. El sirviente se metió la botella de whisky a la que acababa de darle un trago en la camisa y se limpió la boca con el dorso de la mano.

—Bah. Es sólo una tormenta en el Ben Nevis —respondió tranquilamente—. Las aguas corren por la parte baja y todos los caminos están impracticables, por eso debemos quedarnos todavía en las montañas.

—¿Y cuánto falta para el castillo MacArthur?

—Cuatro horas de duro camino... como mucho —Angus echó el contenido de un saco de grano en el suelo para que lo comiesen los caballos—. Aquellos que quieren sobrevivir hasta el final del viaje suelen rodear el barranco de Arthur. Ya estaríamos allí si pudiésemos ir en línea recta. O si pudiésemos volar.

Después de oír aquello, Robert decidió que no se comería otro de los crujientes rollos rellenos de queso y salchicha. Sería mejor que guardasen algo de comida para más tarde, por si el tiempo empeoraba y tenían que pasar la noche refugiados en las montañas.

—No se preocupe, Gordon —dijo Angus—. Siempre hay tormentas en la cara norte del Ben Nevis —luego tosió y se puso cómodo entre dos piedras. Poco después estaba roncando, profundamente dormido.

Angus no tenía buen aspecto cuando tosía, y Robert pensó que debía de tener algún problema de salud. La tisis no estaba reservada sólo a los habitantes de Edimburgo, también tenía sus víctimas en los Highlands.

Angus dejó de toser, sin duda aliviado por las alegres dosis de whisky que tomaba. A Robert le pareció que el valor de Angus como protector de lady Cassandra era, cuando menos, tan dudoso como su sobriedad. Desde luego, no era su guía. No llevaba mucho tiempo durmiendo cuando Cassie se acercó y le tapó las manos nudosas y artríticas con la banda.

Robert decidió que era el momento de trabajar un poco. Sacó su libreta y empezó a tomar notas acerca del recorrido que habían hecho durante la mañana.

Cuando había viajado a Morvern, el condado que estaba al oeste de aquél, le habían dicho que el castillo de MacArthur de Achanshiel estaba situado en una cañada protegida en la ladera más occidental del Ben Nevis. Con un poco de suerte, esa cañada estaría a algo menos de cinco millas náuticas de allí. Unas millas que podían ser difíciles de recorrer si el tiempo empeoraba. Hasta el momento todo el terreno que habían recorrido había sido más bien escarpado.

No deberían malgastar la luz del día allí con el pretexto de disfrutar de la comida. En realidad, no debían haber viajado con caballos, ya que todos los animales eran un lastre en aquellas montañas. Incluso los de carga. Y si alguno se accidentase o se hiriese, y los sirvientes, que no estaban demasiado ágiles, también podrían convertirse en un lastre.

Fue adonde estaba Alex, en su improvisado campamento, al lado de la cascada. Alex tenía la cabeza levantada y miraba el cielo con fascinación. Tenía los ojos fijos en las nubes que envolvían el pico de la montaña y un pergamino con el dibujo de la cascada en las manos.

—A juzgar por el cielo, deberíamos buscar refugio, Rob —le gritó para que lo oyese a pesar del ruido de la cascada—. Y no podremos cruzar ninguno de estos arroyos.

—Sí —admitió Robert, deseando tener tiempo

para dibujar todas aquellas maravillas. Tendrían que conformarse con rápidos esbozos para capturar aquel paisaje y reflejarlo en el tratado que acompañaría al mapa final.

Las nubes, cuando se movían tan rápidamente y eran tan oscuras, nunca presagiaban nada bueno para los viajeros, y sólo Dios sabía dónde iba a morir un hombre si se atrevía a vadear aquellos arroyos. La experiencia los había enseñado a los dos a confiar en su instinto. Era mejor prevenir que curar.

—Vamos a ver si conseguimos que las damas se pongan en marcha.

—Ha sido el hambre de la sirvienta lo que ha hecho que la muchacha se detuviese. Ya te dije anoche que deberíamos haber venido solos —añadió Alex con voz lastimera.

—Y yo te agradezco que no me digas que ya me lo advertiste —dijo Robert con ironía. Le había dado fuerte, y lo sabía. No conseguía apartar los ojos de la chica.

—No seas tan duro contigo mismo, Robbie —le sugirió su amigo, dándole una palmadita en la espalda—. A mi parecer, Angus bebe demasiado whisky. Lleva toda la mañana descorchando esa botella.

Robert sonrió, se alegraba de que Angus hubiese ido quejándose a su estoico amigo, en vez de a él, todo el viaje.

Alex señaló con la mano el amenazador cielo.

—Yo calculo que tenemos dos horas antes de que la nieve empiece a caer, dura como las piedras.

—¿Estás seguro?

—Segurísimo. Si quieres hacemos una apuesta, el que pierda recogerá la leña para hacer una hoguera esta noche.

Robert rió.

—Aunque no suele gustarme apostar, acepto.

Dejó a Alex recogiendo sus cosas y fue hacia donde estaban Cassie y su sirvienta, lavándose en una charca más tranquila, rodeada de pinos.

—A vuestro sirviente parece que le hace falta una siesta, pero será mejor que nos marchemos —dijo Robert sin más preámbulos—. El tiempo está empeorando.

—Angus siempre duerme al medio día —comentó Dorcas mientras le tendía a Cassie una toalla.

—Sí, y el whisky le hace dormir todavía más —dijo Cassie secándose las manos y la cara.

Las dos hacían una extraña pareja, la sirvienta, que fruncía el ceño, iba vestida con una capa de viaje y la señora llevaba pantalones y botas. No obstante, a Robert le parecía que Cassandra MacArthur estaba preciosa con cualquier cosa.

Todo lo que hacía le llamaba la atención. Se pasó la mano por el pelo, que llevaba recogido, para asegurarse de que no se le había desecho la trenza durante el viaje. En realidad sí se le había desecho, pero sus dedos debían de estar tan atrofiados después de haberse lavado las manos que ni se dio cuenta, porque no se la arregló ni se molestó en sujetarse los rizos rojizos que se le habían salido.

—Gordon tiene razón. Levantaos, Angus y Dorcas. Las nubes están bajas.

—Probablemente no sea asunto mío, ¿pero no es Angus demasiado mayor para caminar por estas montañas? —sugirió Robert.

—Según Angus, nunca será lo demasiado mayor —contestó Cassie sonriendo—. ¿Habéis comido lo suficiente?

—Por ahora sí —respondió Robert—. Vamos a tener tormenta antes de que termine el día.

—No os preocupéis. Esta parte del Nevis nunca se lleva lo peor de las tormentas —le aseguró Cassie.

«Qué bien», pensó Robert, momentáneamente enloquecido por la perogrullada que acababa de decir Cassandra. Fue hacia donde estaba su caballo para desatar la maniota y le apretó la silla de montar.

—He estado pensando acerca del protocolo —dijo Cassie caminando con energía, al mismo paso que él—. Cuando lleguemos a Achanshiel, será mejor que me permitáis que os presente a mi padre. Tendré que explicarle detalladamente cómo es que nosotros, que somos MacArthur, estamos en deuda con vos y con Hamilton, ya que salvasteis la vida de Ian, y también la mía.

Robert se volvió a mirarla y observó cómo luchaba para apartarse un mechón de pelo que el viento le había puesto en la cara.

—A veces ayuda que me gane la benevolencia de mi madre antes de que mi padre tenga la oportunidad de dar su opinión. Lo que quiero decir es que... preferiría que no dieseis vuestros apellidos en la puerta. ¿Os parece bien?

Robert se volvió y le tomó el mechón de pelo que le caía sobre los ojos, luego, como no había dónde meterlo, se quedó con él en la mano.

—Llevamos recomendaciones y credenciales —dijo Robert mientras abría la escarcela y sacaba un lazo negro que solía utilizar para sujetar su propio pelo—. Daos la vuelta, por favor.

Cassie obedeció, contenta por poder ponerse de cara al viento. Le resultó extraño notar los dedos de un hombre en su pelo, atándoselo a la nuca.

—Por supuesto, se los presentaréis a mi padre, al igual que le enseñasteis a Euan la recomendación del MacGregor de Balquihidder. Lo único que os pido es que dejéis que sea yo quien decida cuándo debo presentaros. Creo que todo será más fácil de ese modo. Si no, MacArthur puede ser bastante difícil.

—¿De verdad pensáis que podríamos tener algún problema? —a Robert aquello le parecía muy absurdo. MacArthur no podría negar que Cassie le debía la vida a su rescatador. Le ató el lazo con fuerza.

—No exactamente —contestó Cassie volviéndose sin darse cuenta de lo cerca que estaban. Sus hombros chocaron, haciendo que ambos perdiesen el equilibrio.

Robert la sujetó rápidamente. Y los dos se quedaron paralizados por segunda vez, él la tenía agarrada por los hombros y la frente de Cassie estaba apoyada en su mejilla. Por el espacio de un mágico segundo, ninguno de los dos se movió.

Entonces Robert bajó las manos y dio un paso atrás.

—¡Oh! Lo siento —murmuró—. No pasa nada —añadió después, obligando a sus manos a quedarse donde estaban. Estaba deseando abrazarla y besarla.

Cassie se aclaró la garganta y se volvió para buscar a Dorcas. Su sirvienta estaba inclinada sobre Angus, sacudiéndolo. La capa se le había hinchado con el viento y no podía ver a Cassie y a Robert. Cassie se ruborizó, se pasó una mano por el pelo y dijo:

—Gracias. Iré mucho mejor así, con este viento.

—Sí —Robert sonrió—. Me gusta ver vuestro pelo ondeando al viento, pero supongo que puede resultar incómodo. Y podéis estar segura de que no le mencionaré a nadie que os he prestado mi ayuda.

—Sois muy amable.

—Sólo con vos —respondió él inclinándose ligeramente ante ella.

Cassie respiró profundamente, más para armarse de valor que por no saber qué decir. Sabía perfectamente lo que quería decir.

—Debo desempeñar mi papel en esta farsa y hacer de guía vuestra, tal y como ha ordenado el rey, pero no quiero que me pille desprevenida ninguna medida que pueda tomar mi padre. Es experto en sabotear hasta los planes más elaborados.

—He oído hablar de algunas de sus descabelladas actuaciones.

—Sí, bueno, podría llegar a casa y encontrarme con que me va a casar con el demonio debajo del puente de Glen Orchy. MacArthur sería capaz de algo así. Incluye hasta a los gnomos como posibles candidatos a casarse conmigo. Cuando me marché del castillo me echó un sermón acerca de asegurarme el futuro lo antes posible, para él, ésa es la solución a cualquier problema que pueda tener una mujer joven. Y dado que yo no estoy interesada en casarme con un gnomo, lo dejé dándole vueltas al tema solo. Tal vez lleguemos y lo interrumpamos divirtiéndose, uno nunca sabe con MacArthur.

A Robert no le convencían las palabras de Cassie, aunque conocía la reputación que tenía su padre. MacArthur siempre había sido un alborotador, desde el día en que se había puesto al frente de su clan.

—Estoy de acuerdo en que esperemos a ver qué pasa cuando lleguemos allí. Ahora mismo, lo mejor será que volvamos a montar y continuemos con el viaje, si no, esta discusión será en vano, ya que tendremos que pasar la noche aquí.

—Confiad en mí, no pasaremos la noche en las montañas. No me hace ninguna ilusión dormir en la nieve —Cassie fue hacia su poni y lo empujó suavemente para apartarlo del grano que había repartido por el suelo.

El animal levantó la cabeza. Cassie colocó la brida en su sitió, comprobó las cinchas y las apretó bien. Luego llamó a Angus.

—¿Vamos?

—Sí —Angus preparó su montura lentamente. Bostezó, tosió y se subió a la silla. Poco después empezaban a andar, rodeando la cumbre cubierta de nieve del Ben Nevis.

No llevaban ni una hora de camino cuando empezaron a caer los primeros copos de nieve. Eran copos grandes y se quedaban pegados en su ropa y en la silla de montar, y cubrían el suelo.

Cassie miró hacia el cielo un poco angustiada, pero no hizo ningún comentario. La montaña estaba desapareciendo ante sus ojos con aquel manto blanco. Robert se apretó la banda contra el pecho, ya que la temperatura también había empezado a descender tan rápidamente como ellos bajaban el barranco.

Justo al sur del barranco Five Finger el camino por el que avanzaban se metía entre los pinos y las grandes rocas que marcaban el límite de lo que Cassie llamaba Red Burn.

Cassie se detuvo el suficiente tiempo para que Robert tomase nota acerca de las formaciones rocosas y de un círculo de antiguas rocas colocadas en vertical que estaban empezando a desaparecer debajo de la nieve. Su mundo se estaba encogiendo con la tormenta. Robert intentó anotarlo todo en su cuaderno, aunque estaba más fascinado por las pestañas y las cejas de Cassie cubiertas de copos de nieve, que por el paisaje que lo rodeaba.

A pesar de que la tormenta cada vez se volvía más peligrosa, de que el viento era más fuerte y de que Angus no dejaba de decir que tenían que avanzar más rápidamente, Cassie lo tenía tan hechizado con los poéticos comentarios que hacía acerca de las rocas, que Robert los condujo a todos directamente al desastre.

Angus dejó escapar un grito ahogado, se llevó la mano al pecho y se cayó sobre las piedras, cerca de donde estaba el caballo de Dorcas.

—¡Milady! —gritó la sirvienta.

Cassie se dio la vuelta en su montura para mirar

hacia atrás, gritó e hizo girar a su animal, galopando hasta donde yacía Angus.

—¡Angus! —gritó Cassie. Saltó de su montura y fue la primera en arrodillarse a su lado, lo agarró por la banda que cruzaba su pecho y lo sacudió—. ¿Qué ha pasado?

Nueve

Angus tenía los ojos como salidos de sus órbitas. Se agarraba el pecho con fuerza y se retorcía, angustiado. Su boca era parecida a la de un pez al que acabasen de sacar del agua, pero no salían de ella palabras audibles que pudiesen explicar lo que le pasaba. Una cosa estaba clara, estaba sufriendo un gran dolor.

Cassie le aflojó la bufanda de la garganta y le tomó el pulso en el cuello. Tenía las venas hinchadas, como si le fuesen a estallar.

—¿Os encontráis mal? —le preguntó.

—Sí —Angus consiguió contestar con un monosílabo, luego la miró con impotencia mientras Cassie le pasaba la punta de la banda por la frente. Levantó los dedos azulados hacia el rostro de su señora, pero sus manos cayeron muertas al suelo.

—¡Dios mío, Angus se está muriendo! —gimió Cassie—. Maldito seáis, Angus Christianson Campbell, ¡no os muráis aquí!

Robert desmontó y se puso inmediatamente al lado de Cassie.

—¿Qué le ocurre? —le preguntó a Dorcas.

—¡Le ha dado un ataque! —exclamó Dorcas desmontando sin ayuda y abriendo rápidamente una bolsa que llevaba atada a la silla y repitiendo—: Dios mío, Dios mío.

Robert vio que el hombre tenía los labios y la lengua completamente azules. Le levantó los hombros para que Cassie pudiese atenderlo mejor.

—¿No puede respirar? —preguntó Dorcas colocándose al otro lado de Cassie.

Alex Hamilton se quitó su banda y la echó sobre Angus.

—Tal vez lo ayudase un trago —dijo sacando su propia botella de whisky, que llevaba debajo del abrigo. Dorcas lo fulminó con la mirada.

Angus se incorporó cuando Cassie le pasó un puñado de nieve por la cara y la garganta. Eso le hizo toser, era una tos tan profunda que se convirtió en un espasmo. Le agarró la mano a Robert mientras él le desabrochaba el cinturón y le sacaba una botella de whisky de debajo de la camisa.

—¡El whisky es lo que lo ha puesto así! —gritó Cassie.

—Calle, milady. Es mi edad y mi corazón, no la bebida, lo que hace que esté así —dijo Angus con voz tranquila.

Dorcas sacó una bolsa de cuero en la que tenía corteza de sauce en polvo. Mezcló el polvo y la nieve e hizo una pasta en una pequeña copa de plata, luego le añadió unas gotas de whisky.

—Esto calmará los dolores. Bebedlo, Angus.

Y le llevó la copa a los labios. Angus hizo una mueca al probar la amarga mezcla. El dolor que tenía en el pecho no le daba opción a rechazar cualquier cosa que pudiese calmarlo. Si Dorcas hubiese sugerido atarle plumas de águila a la barba y haberlas quemado, él habría accedido simplemente porque confiaba tanto en ella como en Cassie y sabía que harían todo lo que estuviese en sus manos para cuidarlo.

—Tendremos que levantar un campamento —le dijo Robert a Alex—. Prepara las hogueras. Necesitaremos refugiarnos para pasar la noche.

—¿Aquí? —preguntó Alex frunciendo el ceño.

Cassie volvió a hablar de nuevo con coherencia.

—Aquí no podemos acampar. La tormenta viene del oeste y todos estaríamos muertos al amanecer. Tendremos que llevar a Angus a la cueva de Chattering Otters. No está lejos. Allí estaremos a resguardo de la tormenta y tendré tiempo de pensar en qué hacer. Esto no me gusta nada. No puedo permitir que Angus muera estando yo bajo su custodia.

—¡De eso nada! —bramó Dorcas al oír todo aquello—. No va a pasar la noche con esos dos hombres en una cueva en la montaña mientras yo sea vuestra sirvienta, milady. Está prohibido. Lord MacArthur lo prohíbe. No. Angus se recuperará enseguida —dijo dejando claro su papel de carabina.

Después de aquello, Alex miró a Robert para ver qué le decía.

—Le ruego a vuestra sirvienta que me perdone, Cassandra, pero la nieve es cada vez más espesa —dijo Robert, apoyando la idea de Cassie de refugiarse para pasar la noche—. Angus necesita descansar. ¿Cuánto falta para el castillo MacArthur y cuánto para la cueva?

Cassie se sentó sobre los talones y miró hacia delante, a la tormenta.

—Faltan como poco seis o siete millas para llegar al castillo. Y la cueva está a quinientos o seiscientos pies por debajo del siguiente barranco.

—En ese caso, iremos a la cueva hasta que Angus se recupere —decidió Robert.

—¡He dicho que no! —levantó la voz Dorcas—. MacArthur dejará que me pudra encadenada para el resto de mis días si permito que eso ocurra.

—Esperad un momento, señora —contestó Robert enfadado—. Esta mañana no os opusisteis a que acompañásemos a vuestra señora. ¿Por qué os alborotáis ahora?

—¡Yo ya tenía mis objeciones esta mañana! —respondió ella sin inmutarse.

Angus se puso en pie en ese momento y los miró a todos.

—¿A qué se debe tanto jaleo? Me vais a romper los tímpanos. Cassie, lléveme a la cueva. Tengo más frío que si me hubiesen enterrado ya.

Cassie lo agarró de la mano.

—Angus, me tenéis preocupada.

Él tosió y luego volvió a recuperarse.

—Aguantaré, pero este viento me va a matar.

—En ese caso, está decidido, iremos a la cueva —concluyó Cassie mirando a Robert—. Será lo mejor.

—Tal vez —admitió la sirvienta muy seria. Recogió sus medicinas y la copa y las metió en la bolsa de la que las había sacado.

—Tened cuidado con él —dijo Cassie mientras los hombres lo ayudaban a ponerse en pie—. Siempre ha sido como un padre para mí.

—Por supuesto —contestó Robert. Tapó al hombre con la banda de Alex para protegerlo del frío.

Dado que el caballo de Alex era el más fuerte de todos, Alex montó y Robert colocó a Angus delante de su amigo, en la silla.

—Mostradnos el camino, Cassie —le pidió quedándose al lado de Alex para llevar el caballo y prestar su ayuda a Angus si volvía a ser necesario.

Cassie recogió los otros caballos y esperó a que Dorcas montase antes de conducirlos a todos al camino que les haría bajar el barranco. Las paredes rocosas los protegieron de la fuerza del viento y no tardaron en llegar a la cueva. A pesar de que podrían refugiarse en ella, no habría fuego en el interior si uno de ellos no volvía a salir en busca de leña.

Acomodaron a Angus, al que le castañeteaban los dientes a pesar de que Alex y Robert le habían dejado ropa para que se cubriese, y luego Alex se ofreció a ir a buscar leña.

Después de inspeccionarla rápidamente, Robert se dijo que la cueva estaba mejor de lo que él había esperado. No había murciélagos ni restos de animales que pudiesen hacer sospechar que fuese la cueva de un depredador. La cueva principal se dividía enseguida en cuatro cámaras. En una dejaron a los animales, y Robert se dispuso a desensillarlos y a quitarles la carga.

Se dio cuenta de que la cueva había sido utilizada recientemente, probablemente por ladrones de ganado. Utilizó una cuerda para que los animales no pudiese salir. Había una fuente de agua clara y una charca poco profunda.

Alex no tardó en volver con leña, con la que harían una hoguera en la cámara principal. Cuando el fuego estuvo encendido, Robert volvió a la entrada de la cueva para ver cómo evolucionaba la tormenta. Allí se encontró con Cassie, que tenía los brazos cruzados sobre el pecho. Escondía las manos debajo de un grueso chal que se había puesto encima de la banda.

Robert se apoyó en la roca que había justo encima de su cabeza y miró hacia el barranco, contemplando en silencio el muro blanco de nieve que había delante de ellos.

—Podemos dar gracias a Dios de que haga el frío suficiente como para que sea nieve lo que cae —fue lo primero que dijo Cassie—. Es mucho mejor que la lluvia.

—¿Por qué? —preguntó Robert.

—Porque la lluvia haría que se formasen ríos de agua, ¿por qué si no? —contestó.

A Robert le pareció ver que temblaba.

—A Angus le ha dado un fuerte ataque —añadió Cassie—. Dorcas me ha dicho que cree que ha sufrido un derrame cerebral. No puede mover ni la pierna ni el brazo izquierdo. Tenemos que llegar a casa de mi padre. Angus necesita que lo vea su médico, medicinas y más cuidado del que podemos darle aquí.

—No podéis salir ahí fuera con semejante tormenta —comentó Robert—. Podríais tardar medio día en llegar al castillo con este tiempo.

—No tengo elección, tendré que tomar el descenso de Arthur —Cassie se volvió para mirarlo de frente—. Podría estar de vuelta con ayuda al anochecer, pero tengo que irme ahora mismo. Es una hora de viaje a pie, o dos horas como máximo, a pesar del tiempo.

—Pero si la tormenta arrecia, podríais perderos.

—No, conozco la montaña demasiado bien.

Cassie levantó la mirada y la posó en la roca en la que Robert tenía apoyada la mano, en vez de haberla puesto alrededor de su hombro. Robert bajó la mano y la apartó de la entrada de la cueva.

—No puedo permitir que os marchéis sola. Os lo prohíbo.

En vez de alejarse de él, o protestar, Cassie se quedó quieta, mirándolo a la cara.

—Dorcas cree que debería ir.

—Preferiría oírselo decir a ella, y quiero echarle otro vistazo a Angus para juzgar por mí mismo cuál es su estado antes de dejaros marchar. Venid.

—Todavía no —dijo Cassie sacando una de sus manos de debajo del chal y apoyándola en el pecho de Robert—. Aquí hay mucha tranquilidad y necesitaba poner en orden mis ideas y hacer acopio de fuerzas antes de salir ahí fuera. Necesito un poco más de tiempo para estar preparada.

Cassie se volvió hacia la tormenta y fijó la vista en ella, con el hombro apoyado en Robert.

—Me gusta la nieve —comentó varios minutos más tarde, parecía tranquila y segura de sí misma.

—Sí —a Robert también le gustaba. Podría haberse quedado allí mucho más tiempo, observando la tormenta y agarrando a Cassie por los hombros, cada vez más consciente de su feminidad. El olor de su pelo y de su chal limpio le llenó los pulmones y deseó poder besar sus labios calientes. Pero aquel no era ni el momento ni el lugar apropiados.

Unos pasos los alertaron de que se acercaba alguien a sus espaldas.

—¿Todavía no se ha marchado, milady? —preguntó Dorcas deteniéndose bruscamente.

—No —respondió Cassie apartándose de Robert—. Al señor Gordon no le gusta la idea de que me vaya yo sola.

—Es lógico —admitió Dorcas sacudiendo la cabeza al ver cómo caía la nieve—. Pero debe ir. Angus se ha quedado dormido y no logro despertarlo.

—Voy a echarle un vistazo —dijo Robert agarrando a Cassie del brazo para llevarla con él al interior de la cueva.

Dorcas chasqueó la lengua y sacudió la cabeza de nuevo, levantando la antorcha que llevaba en la mano y avanzando delante de ellos. La hoguera proyectaba sombras sobre las irregulares paredes de la cueva. Alex había utilizado sus fardos para preparar una especie de respaldo en el que apoyar a Angus para que estuviese medio tumbado, medio sentado, ya que a todos les parecía que sería lo mejor para su débil corazón. El hombre estaba inclinado hacia la izquierda, como si no pudiese con el peso de su propio cuerpo, y tenía la boca y el brazo izquierdo en una postura muy rara. Tenía los pies metidos hacia dentro. Aquello bastó a Robert para darse cuenta de cómo estaba. Había debido de sufrir un derrame cerebral o un fuerte infarto.

—Le daré otra dosis de sauce, pero no tengo suficiente para toda la noche —comentó Dorcas en voz baja.

—Y la única comida que tenemos son los restos del medio día —dijo Alex señalando la cesta cubierta por un paño en la que estaba la comida—. Y es un poco tarde para pensar en poner trampas o en pescar lo suficiente para que haya para todos.

Cassie se arrodilló al lado de Angus e intentó despertarlo. Al sacudirle el hombro derecho sólo consiguió que se cayese más hacia el lado izquierdo. Tenía la boca abierta y respiraba con dificultad.

Le dio un beso en la mejilla, luego se puso en pie y quitó su mochila del montón en el que estaba apoyado Angus. Se la colocó a la espalda y miró a Robert.

—Me marcho, cartógrafo. No puedo permitir que muera aquí, sin que le den la extremaunción.

Mi padre sabrá cómo llevarlo al castillo, aunque no deje de nevar hasta el día del juicio final.

—Voy con vos —respondió Robert.

—No conocéis la montaña. Tardaré como mucho dos horas en llegar a casa. Quedaos aquí y no arriesguéis vuestra misión. Vendrán a ayudaros al anochecer.

—Voy —insistió Robert poniéndose una mochila con las provisiones necesarias—. Alex se ocupará de que el hombre siga vivo, ya que significa tanto para lady Quickfoot.

—Sí, eso es cierto —asintió Cassie. Volvió a mirar a Angus preocupada. No obstante, habló dirigiéndose a Robert Gordon—: No me culpéis a mí si perdéis el valor. Yo no iré más despacio por guiaros a vos de vuelta a la cueva.

A Robert no le gustó aquello, ya que le sonaba a amenaza. Se preguntó qué camino pretendía tomar Cassie para llegar al castillo en tan sólo dos horas.

Dorcas y Alex los acompañaron hasta la entrada de la cueva y se quedaron allí. Ambos miraron con recelo hacia fuera, donde el tiempo empeorado todavía más.

—No falta mucho para que el hielo y la nieve ocupen la entrada de la cueva —comentó Alex—. Tal vez no la encontréis si intentáis volver.

—Sí, pero ése es un riesgo que tendré que correr —dijo Robert mirando fijamente a Cassie.

¿Podía él, un Gordon, confiar en ella y poner su vida en sus manos? ¿No sería una asesina en potencia? ¿Y si tenía sed de venganza y se lo había ocultado hasta entonces? Robert no tenía la respuesta a todas aquellas preguntas. Había algo en ella que no acababa de descubrir. Tal vez lo que necesitaba eran más respuestas para que dejase de estar obsesionado con ella.

—¿Estáis completamente segura de que es necesario que vayamos, milady? —le preguntó a Cassie.

—Sí —contestó ella, sin molestarse en malgastar más palabras—. La cueva es fácil de encontrar en este barranco. Cualquier hombre del castillo MacArthur la encontraría incluso con los ojos tapados.

—Tened cuidado, milady —dijo Dorcas apartándose de la entrada para que Cassie pudiese salir.

—Pondré una bandera fuera —fueron las últimas palabras de Alex.

—Buena idea —admitió Robert.

Diez

Era evidente que ambos pensaban que Cassie estaba siendo temeraria. Ella sacudió la cabeza.

—Me da igual lo que penséis de mí en estos momentos. La forma de respirar de Angus y la posición de su mano izquierda me han asustado mucho. Lo aprecio más que a nadie en este mundo, a excepción de mi madre. Y no me digáis que no va a vivir eternamente.

—No pensaba decíroslo —contestó Robert colocándose la mochila a la espalda y poniéndose los guantes de cuero para protegerse las manos.

Cassie se tomó un momento para serenarse, se puso también los guantes y se aseguró de que llevaba la mochila cerrada y bien colocada en la espalda. Luego se despidió brevemente de Dorcas y de Alex y se volvió hacia el peligro blanco. Robert se unió a ella a la entrada de la cueva.

—El tiempo no será tan malo en la parte alta del barranco. Las tormentas azotan el Ben Nevis en oleadas, aquí hay corrientes ascendentes que la agravan.

—Sí, ya lo veo —dijo Robert pasando delante. El cielo estaba blanco y bajo, pero la nieve seguía cayendo con fuerza. Era una tormenta muy extraña.

Cassie se dio una hora para llegar al descenso de Arthur, que daba al castillo de su padre, y desde allí se bajaba directamente a la cañada.

Cassie se había olvidado de su miedo nada más salir de la cueva, antes de que minase su determinación. Pero volvió a sentirlo al pensar en aquel descenso, era el más peligroso del Ben Nevis.

Aquella cueva los protegía de los elementos, pero no aportaba nada al corazón de Angus. Tenía que llegar a casa. Su madre tenía medicinas y el médico de su padre podría aconsejarles. McRayburn ya había curado a Angus antes.

Se volvió hacia Robert.

—¿Podéis impulsarme para que suba a esa roca?

—Lo intentaré —Robert unió sus manos para que Cassie trepase hasta una cresta que recorría el barranco. Él, que era más alto y tenía los brazos más fuertes, no necesitaba ayuda para subir.

—Gracias —dijo Cassie limpiándose la nieve de las manos—. ¿Tenéis abuelo? —le preguntó empezando a andar hacia el oeste.

—Sí, los dos siguen vivos y coleando. Son dos grandes hombres.

Robert se mantuvo cerca de la espalda de Cassie, y le dio rabia que la grieta por la que avanzaban no fuese lo suficientemente amplia para poder ponerse a su lado.

—Yo no conocí a ninguno de mis dos abuelos. Y Angus es lo más parecido que he tenido a un abuelo. No podría quererlo más.

—Mirad dónde ponéis los pies —le advirtió Robert mientras se ataba a la altura del cuello el jubón de piel de borrego al volver a enfrentarse al frío viento.

Cassandra se puso la banda sobre la cabeza, a modo de capucha, para no enfriarse. Robert la siguió, diciéndose que era una locura ponerse al alcance de un viento que le cortaba la respiración.

Y todavía era peor no saber adónde iban, ni qué camino había tomado la mujer a la que estaba siguiendo. Cassandra no le había dado tiempo para discutirlo. Había tomado el camino por el que había decidido ir, casi corriendo, sin zigzaguear por la montaña como habían hecho cuando iban a caballo. Había avanzado en línea recta, trepando por las rocas que aparecían en su camino.

Sólo había cambiado de dirección en una ocasión durante el primer cuarto de hora de marcha y había sido porque no se había fiado de una capa de hielo que se habían encontrado sobre un arroyo. A excepción de aquello, habían estado bajando la montaña justo por debajo de la entrada de la cueva, por un saliente que los dejaba a merced del fuerte viento y de la tormenta.

Tardaron otro cuarto de hora más en recorrer aquel saliente por completo. Cuando el saliente terminó encontraron un risco en la parte más rocosa de la montaña, la fisura previa debía de haberse roto muchos años antes y las rocas habían caído en la cañada que había debajo. La roca que quedaba había formado un peñasco que sobresalía de la montaña. Cassie se apoyó contra el barranco y se quitó del hombro la cuerda que llevaba enrollada.

Robert arqueó una ceja, preguntándose qué pretendía hacer. Su expresión dejaba claro que pensaba que eran unos inconscientes por estar arriesgándose de esa manera.

—¿Y ahora qué, Quickfoot?

Cassie levantó la mirada del nudo que mantenía la cuerda enrollada.

—Vuestra voz suena oxidada.

—Normal. Vos ni siquiera utilizáis la vuestra.

—No sirve de nada hablar en estas condiciones. El barranco era tan escarpado que uno se mareaba sólo con mirarlo. Cassie retrocedió, tocando el cuerpo de su compañero. Parecía tener la espalda tan tensa como la pared de roca que tenían detrás. Y tenía motivos. El saliente que había debajo de ellos tenía sólo un pie de anchura. Afortunadamente el viento los empujaba de tal manera contra la roca que sería difícil que se cayesen.

—Sí —contestó Robert sacudiendo la cabeza.

Cassie era una mujer muy poco común. Robert no conocía a ninguna otra que hubiese hecho aquello.

—Pero decidme, no obstante, ahora que se ha acabado el camino, ¿por dónde vamos a continuar?

Cassie hizo una lazada a la cuerda y se echó adelante sin miedo, agarrándose al risco. El viento le arrancó el chal y la banda, que chocaron contra el pecho de Robert.

—¿Acaso no os parece obvio? —dijo Cassie sonriéndole, con la mejilla apoyada sobre el risco helado—. Voy a bajar por el camino más fácil.

Abrazó el risco y pasó la cuerda alrededor. Al retroceder el viento la empujó y cayó contra un muro que había al lado de Robert. Él estiró la mano para agarrar la cuerda, que no estaba atada a ninguna parte. Entonces se dio cuenta de que Cassie había sido lo suficientemente lista como para atarla a su cintura para evitar que se la llevase el viento.

Cassie se apartó todo lo que pudo del viento, lo

que significó pegarse a Robert. No tenía otra opción.

—Creo que no voy a poder hacer un nudo de seguridad.

—Sí, ya me he dado cuenta de que no habéis traído los guantes apropiados para eso, Quickfoot —dijo Robert agarrando la cuerda con fuerza.

—Los he perdido —admitió Cassie—. Y estos que llevo son los mejores que tengo.

Luego se pegó más a él, ya que no le quedaba otra opción, y notó su aliento caliente.

—Parece que no tenéis frío, yo estoy congelada. Atad bien la cuerda, Gordon. La caída hasta el río es impresionante.

—Me preguntaba si os habríais dado cuenta —Robert se tomó su tiempo comprobando que los nudos estaban bien hechos. Cuando hubo terminado, sujetó el extremo de la cuerda y dijo—: Una cosa más, milady.

—¿Qué? —dijo Cassie permitiéndose el lujo de mirar aquellos maravillosos ojos azules.

—¿Adónde demonios se supone que va a llevarnos esta cuerda?

Cassie se sorprendió al oír la pregunta. Lo estaba mirando a él y tenía la espalda apoyada en el muro, así que no le daba la sensación de estar en la montaña. Los ojos de Robert le hacían pensar en el verano, en cielos azules y en los brezos floreciendo en la cañada. Sus ojos le hacían pensar en unos besos que nunca había probado.

—¿Acaso no lo veis?

—¿Ver el qué, por amor de Dios? —Robert miró las nubes en vez de mirar el valle que tenía debajo.

—Achanshiel... El castillo MacArthur. Está ahí, justo debajo de nosotros —dijo Cassie señalando los capiteles y las paredes de piedra que casi no se veían con la nieve. Con aquella capa blanca, parecía el castillo de un cuento de hadas.

Robert inspiró profundamente, luego apartó la mirada del rostro de Cassie y siguió su dedo, que apuntaba hacia abajo.

Sintió náuseas al ver cómo subía la nieve con la fuerza del viento. Y lo extraño era que estaba sudando, como si hubiese estado corriendo en un día de verano.

El castillo MacArthur estaba allí mismo, a una milla, tal vez a milla y media, al pie del barranco. Para llegar hasta él sólo hacía falta ser capaz de volar como un pájaro.

—Ya veo.

Robert cerró los ojos y los abrió para mirar hacia otro lado menos sobrecogedor. Las nubes grises y la tormenta eran infinitamente más tranquilizadoras que la caída que tenían bajo sus pies. Tuvo que hacer un esfuerzo para volver a mirar a lady Quickfoot.

—Una pregunta más. ¿Habéis hecho esto antes?

Cassie pensó en exagerar y contestar que lo había hecho cientos de veces, pero no podía comportarse de un modo tan inmaduro. Había visto cómo lo hacían otros. Su hermano, James, lo había hecho un verano hacía mucho tiempo, causando el primer ataque de Angus. Y también ella había sido testigo, junto con el resto de los habitantes del castillo, de la bofetada que le habían dado por haber hecho algo tan imprudente.

En esa ocasión no era verano. Y Cassie estaba prácticamente segura de que nadie los vería desde el castillo. Por otro lado, ella no era un temerario muchacho de quince años.

Se relajó y se apoyó contra las frías piedras, luego dijo con seguridad:

—Es como cualquier otro descenso. Hay que utilizar la pared y la cuerda para ir bajando lentamente.

—¿Y tenéis experiencia en esto? —quiso saber Robert.

Cassie tampoco contestó inmediatamente en esa ocasión. En su lugar, tomó su mochila, la abrió y sacó unos aros de hierro, una cuerda trenzada y un par de guantes de piel. Afortunadamente, siempre llevaba con ella todo eso por si lo necesitaba en caso de emergencia. Los guantes de Jamie eran demasiado grandes para sus manos, pero se los puso.

Robert la agarró por el brazo derecho cuando ella iba echar la cuerda por el saliente.

—¿No deberíais ensartarla por los anillos de hierro antes de tirar la cuerda?

—Sí —admitió Cassie retrocediendo, consciente del error que había estado a punto de cometer.

Robert volvió a sujetarla, impidiendo que se moviese.

—Esto no va a funcionar. Sólo hay una cuerda, no podréis enviarme los anillos hacia arriba.

—Sí. Yo bajaré primero, luego los ataré al final de la cuerda y podréis hacerlos subir para bajar. Yo os esperaré abajo.

—¿Y si la cuerda no fuese lo suficientemente larga? ¿Qué haríais en ese caso? —preguntó Robert mientras ensartaba los anillos en la cuerda.

—La cuerda es lo suficientemente larga para llegar al pasto que hay al borde del río. Ya ha sido utilizada antes para bajar este barranco.

—De acuerdo —Robert fue dejando caer la cuerda poco a poco, comprobando que no estuviese rota ni pelada. Aquello era algo que Cassie tampoco había hecho antes de atar el otro extremo al saliente.

En silencio, Robert se prometió que no se arriesgarían más de lo que fuese necesario. Se dijo a sí mismo que aquellos capiteles y el humo que salía de las chimeneas del castillo le aseguraban que aquel viaje podría terminar en un lugar caliente. Pensó en calor, comida y agua caliente, e incluso en un baño como el que se había dado la noche anterior. Sólo por todo eso merecía la pena correr el riesgo.

Cuando hubo soltado toda la cuerda y ésta quedó a merced del viento, cambió su sitio con Cassie para comprobar los nudos y asegurarse de que la cuerda que había atado al saliente no se rompería. Ella observó cómo se agarraba a la roca y contuvo la respiración al ver que sacaba los pies y se colgaba del saliente para comprobar su estabilidad. No se rompió bajo su peso, lo que era una buena señal.

—Ese saliente lleva aquí desde siempre —le dijo segura de sí misma.

—Sí, pues esperemos que Dios quiera que siga aquí mañana y que no se convierta en nuestra tumba ahí abajo —comentó él.

—No tenéis por qué hacer esto —respondió Cassandra—. Ya conocéis el camino de vuelta a la cueva.

—¿Y dejaros bajar sola sin saber si vos lo habéis conseguido? No, gracias. Lo haremos... juntos.

—¡No podemos! —exclamó Cassie—. No podré descender si tengo que concentrarme en agarrarme a vos, y sólo hay una cuerda.

Robert se echó la mochila hacia delante y sacó de ella otra cuerda. Hacer rápel era algo tan antiguo como las montañas. Ató la cuerda al cinturón de Cassie y la pasó por los anillos de hierro. Así, ella quedaba bien sujeta a su cuerpo, y él al de ella.

—Vuestra tarea, señora, será aseguraros de que la cuerda que hay por debajo de nosotros no tiene nudos. ¿Estáis lista?

—¿Qué? —Cassie dio un grito ahogado al darse cuenta de que Robert pretendía saltar y llevársela con él de una sola vez—. ¡No, idiota! ¡No se salta de frente! Hay que darse la vuelta e ir bajando poco a poco.

Robert apartó la cuerda de la pared y probó que aguantase su peso. Memorizó aquella sensación antes de continuar con la siguiente tarea. No le parecía posible darse la vuelta en tan poco espacio.

Podría hacer girar los pies, pero no los hombros y la cabeza. Sintió vértigo y apoyó la frente contra las piedras, estaba sudando.

—Sabéis que esto es una locura, ¿verdad?

Miró a Cassie y se dio cuenta de que parecía estar tan angustiada como él.

—Pero es necesario si queremos conseguirlo.

Cassie abrió los brazos todo lo que pudo y se agarró a las grietas que había en la piedra, dio media vuelta a toda velocidad. Al verla, Robert sintió ánimo y palpó la roca que había encima de su cabeza hasta encontrar una grieta a la que aferrarse para dar también la vuelta. Una vez hecho, le pareció que había sido una maniobra muy sencilla. Respiró profundamente varias veces para tranquilizarse.

—¿Y ahora qué? —preguntó Cassie con la mejilla apoyada contra la pared—. ¿Nos quedamos aquí hasta que nos congelemos o bajamos a la de tres?

—Ninguna de las dos cosas —Robert estiró de la cuerda que tenía atada alrededor de la cintura hasta tensarla y se inclinó hacia el borde hasta que su cabeza y sus hombros sintieron la fuerza de la gravedad. Así colocado, probó la cuerda con la mano derecha. Iba a ser una bajada complicada—. Se me ocurre una postura en la que podríamos bajar con bastante facilidad.

—¿Sí? —a Cassie no se le ocurría ninguna—. ¿Cuál?

—Como si fuésemos amantes —respondió Robert.

Cassie frunció el ceño. Y entonces entendió lo que quería decir. Se ruborizó.

—¡Robert Gordon, éste no es el momento más adecuado para pensar en cosas tan frívolas!

—Funcionaría... y no sería una mala manera de morir —dejó caer más cuerda y se impulsó para apartarse del borde, quedándose sólo a unos centímetros por debajo de él. El éxito de ese primer movimiento lo llenó de gozo—. De acuerdo, Cassandra, colocaos donde estaba yo antes.

Cassie hizo lo que él le decía, pero se puso muy tensa. Sacudió la cabeza.

—No puedo ir de espaldas. Tengo que ver por dónde voy.

Lo que los dejó como habían estado unos minutos antes. Salvo que, al sacudir la cabeza, a Cassie se le había soltado la trenza y el viento se la estaba deshaciendo poco a poco. Robert soltó un poco de cuerda y se puso casi en ángulo recto con el barranco.

—Está bien —le dijo él—. Date la vuelta —no pudo evitar sonreír al ver que ella se giraba en tiempo récord, aunque aquello no le sorprendió. Al fin y al cabo las mujeres tenían los pies más pequeños que los hombres.

Cassie estaba pálida. Tragó saliva y se dejó caer, yendo a parar literalmente encima de él. Se agarró con fuerza.

—Oh, Dios mío, protégenos —susurró Cassie. Tenía los labios al ras de la barbilla de Robert.

—Nos protegerá —dijo él convencido—. Besadme.

—¿Cómo podéis pensar en eso ahora? —gritó Cassie.

—Besadme. Eso me dará valor.

—Si no, ¿no lo tendríais?

—Sí, pero un beso me daría todavía más.

—Está bien, entonces —Cassie le puso una mano detrás de la cabeza, echó la barbilla hacia arriba y le dio un beso en los labios.

En el momento en el que sus labios se unieron, los elementos desaparecieron. Robert soltó la cuerda.

La gravedad tomó el control y ambos cayeron. Un viento helado recorrió las piernas y la espalda de Robert y le rugió a los oídos mientras Cassandra MacArthur se aferraba a él, como si fuesen amantes y conociesen a la perfección el cuerpo del otro.

Robert se estremeció y decidió correr otro riesgo: el de meter la lengua dentro de su boca. Ella casi se apartó al sentirlo, pero luego se apretó todavía más contra él. Sin saber cómo, Robert sintió que tenía que flexionar las rodillas y lo hizo antes de impactar contra la montaña.

El siguiente salto fue más lento y lo realizaron con más agilidad. También lo acabaron menos bruscamente.

Robert levantó la cabeza para buscar el saliente con la mirada y vio que estaba muy por encima de ellos, casi perdido entre las nubes.

Cassie apartó la cara de la de él para mirar hacia abajo.

—No vuelvas a saltar así, o acabaremos los dos aplastados contra Mordred's Spear.

—¿Dónde está eso?

—Debajo de tus pies.

Él asintió y volvió a darse impulso, haciéndolos saltar a ambos hacia un lado.

—Dime cuándo queda libre el camino.

—Dios mío, vamos a morir. Rezad.

—No vamos a morir aquí. Quickfoot, decidme

si ya lo hemos esquivado —Robert volvió a moverlos a ambos hacia la derecha con una increíble facilidad.

—Padre nuestro que estás en los cielos... —murmuró Cassie.

—¡Decidme si podemos seguir bajando! —exclamó Robert.

—No. La cuerda se ha quedado enredada.

—¡Soltadla! —ordenó él.

—¿Cómo queréis que lo haga, con los dedos de los pies?

—¡Hacedlo! Agarraos a mí para bajar y luego lanzad la cuerda para desengancharla de la roca. ¡Hacedlo, Cassandra!

—¿Cómo? Si me suelto de vos, me caeré y me mataré.

—No vais a caeros. Imaginad que soy un árbol al que habéis trepado. Utilizad vuestras manos para soltar la cuerda.

Cassie obedeció, alcanzó la cuerda y se quedó colgada de la mano izquierda de Robert, que había ensartado el arnés de Jamie a la perfección, lo que le permitía controlar el descenso. Ella nunca había sabido cómo se hacía, y su hermano tampoco había querido enseñárselo. En una ocasión lo había metido por los ganchos y se había limitado a rezar por que la fricción de la cuerda contra sus manos no la matase si no se caía. En esos momentos, Cassie se alegraba de que el cartógrafo la hubiese acompañado.

Desenredó la cuerda y la echó hacia otro lado, salvando el Mordred's Spear, una punta de granito que todos los habitantes del castillo decían que se caería antes de que comenzase el siguiente siglo. La gente incluso hacía apuestas acerca de la fecha exacta.

—Ya está —dijo Cassie con convicción.

—Sacudid la cuerda para que vea cómo de suelta está —le pidió Robert más tranquilo.

Ella extendió el brazo derecho a lo largo del izquierdo de él, agarró el cabo de la cuerda y lo sacudió. Era como si estuviesen en la cama juntos, salvo que Cassie nunca había dormido en una cama tan fría como estaba en esos momentos el cuerpo de él.

Robert tenía las manos entumecidas, pero se concentró en comprobar el peso y tirar de la cuerda.

—¿Cuánto medía exactamente esta cuerda la última vez que la medisteis? Sed precisa.

Cassie nunca la había medido. Inspiró profundamente y contestó:

—Doscientas yardas.

—Seiscientos pies —Robert miró hacia el risco que sobresalía por encima de sus cabezas y que impedía que cayesen al vacío.

—Aproximadamente —añadió Cassie apoyando su pecho contra el de él y poniendo los brazos alrededor de su cuerpo.

—Buena chica —comentó Robert sonriendo de nuevo.

Ella se sintió muy bien. Demasiado bien.

—Cerrad los ojos y besadme de nuevo —le pidió él.

—No, no quiero que nos dejéis caer como una piedra otra vez.

—Gracias a eso he mantenido vuestro pelo alejado de las cuerdas, de mis manos y de los ganchos.

Cassie volvió a pegar los labios contra los de él y ambos pasaron volando al lado de Mordred's Spear a tanta velocidad como la primera vez. Robert mantuvo los ojos abiertos en esa ocasión para medir la distancia.

—¡Suelta! —gritó Cassie.

Y se separaron a la vez, rebotando sobre otra cornisa. Robert aflojó la cuerda y rebotó una segunda vez. El aire estaba más frío allí, más húmedo y espeso y la nieve los golpeaba con fuerza.

—Casi hemos llegado al final —le dijo Cassie.

—Bien —contestó él, aunque sus manos ya casi no aguantaban más. La cuerda le quemaba a través de los guantes como si llevase las manos desnudas—. Casi nos hemos quedado sin cuerda.

Robert agarró el extremo y tiró con fuerza de él para detener su descenso. Sería difícil conseguirlo con el peso de dos personas, pero no imposible.

—¿Cuánto falta exactamente? —quiso saber, estaba mareado. Le dolían los oídos. Sacudió la cabeza y apretó la mandíbula para intentar deshacerse de aquella sensación.

—Quince pies, la altura de un árbol nada más. Yo podría saltar.

—¿Cuánta cuerda nos queda?

—Muy poca, dos o tres pies como mucho.

—¿Y la tierra es llana?

—No, hay piedras, pero se puede caminar bien. Y el río está lejos.

—Bien —asintió Robert—. Dejaos caer y rodad nada más tocar el suelo. Yo iré detrás.

—Esperad —dijo ella poniendo una mano entre ambos y levantando las cuerdas que estaban atadas alrededor de sus cuerpos. Tomó la daga de Robert y cortó la cuerda en un momento—. ¿Qué hago con el cuchillo? No podré volver a meterlo en su funda.

—Tiradlo.

—Ya está. ¿Ahora, qué?

—Lista.

—¡No! —Cassie cerró los ojos y hundió la cara en su cuello.

—A la de tres. ¡Una, dos, tres! ¡Soltadme!

Se soltó de él sólo en el último momento. Se golpeó con fuerza, primero en el hombro, pero luego rodó sobre la espalda, donde se le clavaron al menos un centenar de piedras. Se golpeó la cabeza contra la tierra con una fuerza increíble. Gritó y retrocedió al sentir el impacto. Le dolía todo el cuerpo, de los pies a la cabeza.

—¡Ah! Maldita sea, cómo duele —se quejó mientras se sentaba.

Robert había ido a parar a cinco pies de donde estaba ella, le daba la espalda. El mango de la daga le sobresalía de entre las costillas.

—¡Oh, Dios mío! ¿Estás bien, Robert?

Él no se movió. Se quedó allí tumbado, paralizado, gimiendo.

Cassie gritó.

Once

—¡Cartógrafo! —se puso a gatas para llegar hasta Robert lo más rápidamente posible. No podía perderlo en esos momentos, cuando le había empezado a gustar.

—¿Por qué gritáis, muchacha? —preguntó él—. El pobre bastardo que se ha hecho daño soy yo.

—¡Cuánto lo siento! —exclamó ella echándose a llorar. Sus manos estaban tan frías que no las sentía. No podía quitarse los guantes de Jamie todo lo rápidamente que quería, así que utilizó los dientes. Luego tocó el cuerpo de Robert, allí donde se hundía la daga.

—¡Ah! —gritó él.

—¿Por qué gritáis? ¿Acaso no sois un maldito guerrero Gordon?

—Sí, pero eso no significa que no pueda quejarme cuando una mujer bella intenta hundirme un cuchillo entre las costillas. Esperad, me pondré en pie en un minuto. Dejad sólo que recupere el aliento.

—Tenéis aliento de sobra —dijo Cassie sacándole el cuchillo. No había en él ni una gota de sangre.

—Uf, ya me encuentro mejor.

—Normal —Cassie le puso el cuchillo delante de los ojos—. Habéis aterrizado sobre esto.

—¿De verdad? —Robert estaba muy sorprendido. No me digáis que me he apuñalado yo solo.

—No creo —Cassie retiró la mano al ver que no había ningún corte en su jubón. Fue hacia el otro lado, delante de él, y miró a ver si estaba herido, se había olvidado de sus propios dolores—. ¿De verdad pensáis que soy bella, Robert Gordon?

—Sí —contestó él levantando la mano y limpiándole el pelo de nieve y ramas—. Muy bella.

—Deben de gustaros las pecas.

—¿Tenéis pecas? No me había dado cuenta.

Cassie puso los ojos en blanco.

—¿Acaso no podéis levantaros? —le preguntó.

—Sí, puedo, pero prefiero no hacerlo —Robert se volvió para mirar a su alrededor, a ver dónde estaba.

El castillo aún estaba lejos y había niebla, por lo que los espías de MacArthur no podrían ver lo que hacían allí. Agarró a Cassie de la mano y la colocó encima de él. Ella no opuso resistencia, ya habían estado así de cerca durante el descenso.

—Besadme otra vez, Cassandra.

—No sois un cartógrafo, sino un sinvergüenza que queréis echarme a perder.

—De eso nada, señora. Lo que quiero es casarme con vos.

—¡Vaya! Ahora os burláis de mí —Cassie echó la cabeza hacia atrás—. Ningún hombre decide en un solo día que quiere casarse con una mujer. Así no se hacen las cosas en los Highlands.

—Yo no lo he decidido en un día, lo decidí nada más veros patinando en aquel estanque. Me dije que erais una mujer con la que merecería la pena casarse... una mujer con espacio en su corazón para estar jugando con niños y para detenerse a hablar con dos caballeros que estaban de viaje. Sois una joya singular, Cassandra MacArthur, y me alegro de que no conocieseis vuestro verdadero valor. Besadme.

—¿Os callaréis si lo hago?

—Ah, sí.

—¿Y os pondréis en pie?

Robert pensó qué otra parte de su cuerpo se pondría sin duda en pie, pero no hizo ningún comentario al respecto. Si no, ella lo habría matado. Se mareaba sólo de mirar hacia arriba, hacia el lugar desde donde habían bajado. Cerró los ojos y sintió que los labios de Cassie tocaban y exploraban los suyos. La sangre le corrió más aprisa y más caliente por las venas.

Se tomó las mínimas libertades con Cassie, ya que sabía que era una muchacha inocente y pura. No quería ir demasiado lejos. Pero no pudo negar que le encantaba sentir sus suaves labios sobre los de él. Su abrazo. Aquel beso se convirtió en un largo suspiro entre dos nuevos amantes. Así había querido Robert que lo tocase lady Quickfoot. Había deseado eso y mucho más. Sí, mucho más.

Robert dejó de ser consciente del frío de la tierra que tenía debajo, pero Cassie lo sintió cuando le acarició la garganta con los dedos fríos y metió los labios por debajo de su ropa. Tembló y sintió que un escalofrío le recorría el cuerpo.

Él rió al darse cuenta de lo que estaba haciendo. No podían quedarse allí, a hacer el amor encima de las piedras y con aquel tiempo..., a la vista de los vigilantes del castillo MacArthur. No sabía si el señor tendría catalejos de cristal y metal, como el suyo.

Cassie se apartó al darse cuenta también de lo que estaban haciendo.

—Nos hemos vuelto locos —dijo riendo deliciosamente.

—Es verdad —Robert sonrió, encantado de que

lady Quickfoot no se comportase como una mojigata—. Voy a levantarme. Acabo de volver a la realidad.

Robert le quitó las manos de la cabeza y la espalda. Las tenía cubiertas de una gloriosa cortina de pelo rojo que tenía en él el brillo de los rayos del sol.

—¡Vaya! Soy un desastre. Mi madre se pondría a toser y no pararía nunca si me viese así —dijo Cassie sentándose y empezando a hacerse la trenza de nuevo.

—Y le daría un ataque si se enterase de cómo hemos llegado hasta aquí —añadió Robert.

Cassie siguió la dirección de su dedo y vio la cuerda de Jamie colgando por encima de sus cabezas.

—Menuda pareja de acróbatas —dijo suspirando—. Tendré que ver cómo quito eso de ahí antes de que lo vea nadie.

—En cualquier caso, no permitiré que vuelvas a tomar ese camino, y quiero que me lo prometas ahora mismo, por favor.

—De acuerdo —respondió ella, luego se mordió el labio inferior, como si estuviese reflexionando—. No obstante, habrá que quitar esa cuerda de ahí. Otra vez... —pensó de nuevo en su hermano.

Había pocos jóvenes en su clan que se habrían atrevido a hacer algo tan arriesgado como imitarlo.

Y dado que él sería el siguiente MacArthur, era poco probable que nadie intentase tomar aquel camino, con o sin cuerda colgando tentadoramente.

No obstante, la cuerda había pertenecido a Jamie y llevaba sus marcas. Ya se ocuparía de recuperarla más tarde, su padre no ataría cabos hasta que no se enterase de cuánto habían tardado en bajar.

—Debemos decirles a mis padres que Angus lleva en la cueva desde esta mañana temprano. Por el otro camino se tarda cuatro horas en llegar al castillo.

—Soy un hombre meticuloso, Quickfoot. No distorsionaré la verdad.

—Está bien, en ese caso, yo contaré sólo lo que sea estrictamente necesario. ¿Estás listo para levantarte?

—Sólo si tengo que hacerlo. Dame algún incentivo.

—¿Qué te parece una cena caliente esperándote en el castillo?

—Bien —Robert se sentó primero y se puso en pie después. Luego estiró una mano hacia Cassandra, para ayudarla a levantarse también.

—Muchas gracias, eres muy amable.

—Por supuesto. Me han enseñado bien en la corte. Ven, toma tus enormes guantes y vámonos.

Su alegría fue menguando según bajaban del prado. La nieve que había en la cañada dificultaba mucho su progreso. A veces las corrientes les llegaban hasta las rodillas, o todavía más. Había estado nevando durante varios días seguidos en Achanshiel. Cassie se dio cuenta enseguida, ya que no era normal que hubiese tanta nieve allí.

Cuando llegaron a la puerta del castillo, que estaba cerrada, los dos tiritaban y tenían helados hasta los huesos. Un guardia abrió una portezuela y ambos entraron, golpeando las botas empapadas sobre el suelo cubierto de paja.

—Milady, hace un día demasiado malo para correr el riesgo de viajar —dijo el guardia sonriendo a su señora en señal de saludo. Frunció el ceño al ver al extraño que iba con ella.

Su padre también frunció el ceño cuando los vio entrar en el salón en el que estaba.

—¿Qué está pasando aquí, Cassie? ¿Dónde están Dorcas y Angus? ¿Quién es este hombre?

—Hola, MacArthur, ¿cómo estás en esta tranquila tarde de invierno? ¿Madre? Ah, ahí estás.

—Cassie, ¿qué ha pasado? —preguntó nerviosa lady MacArthur—. ¿Dónde está Angus?

—En la cueva Chattering Otters. Le ha dado otro ataque, y muy fuerte. Debemos mandarle ayuda. El ataque le dio antes de que la tormenta estallase a ese lado del paso...

—Ven aquí. No pienso tragarme otro de tus cuentos. ¡Quiero la verdad!

—Lady Cassandra os está contando la verdad, señor —dijo Robert en su defensa.

—¡Claro que sí! —insistió ella, arrugando la nariz. Las cosas no estaban saliendo como ella quería. No había planificado sus palabras, y no sabía cómo hacer para no tener que explicar quién era Robert—. He venido lo más rápidamente posible, para conseguir medicinas y ayuda. Dorcas se ha quedado con Angus para cuidarlo. Y este caballero me ha acompañado aquí por mi seguridad.

—¿Y quién es el muy sinvergüenza? —preguntó su padre, al que sus palabras no le habían inmutado ni lo más mínimo.

—Robert Gordon, el cartógrafo del rey —respondió ella levantando la barbilla con orgullo.

Él se lo merecía, porque se había comportado de un modo genial durante el descenso y, probablemente, le había salvado la vida y era gracias a él que estaba allí de una pieza.

—¿Gordon? —rugió lord MacArthur—. ¿No será...?

A pesar de su padre, Cassie continuó con la presentación.

—Robert, os presento a mi padre, John, el señor de los MacArthur, y a mi madre, lady Claire.

—Esto no augura nada bueno en mi casa —dijo su padre.

—Yo lo solucionaré —intervino en seguida lady

MacArthur—. Y puedes estar seguro de que lo investigaremos todo detenidamente. Pero, por el momento, ¿no ves que estos jóvenes están congelados hasta los huesos? Deja que entren y que se calienten al lado del fuego. No deseamos que el rey cuestione la hospitalidad de esta casa. Entrad, Robert. Megan, id a por mantas y agua caliente. Roguemos a Dios por que los dos estéis bien. Cassandra, sigue hablándonos de Angus.

Cassie había tenido la esperanza de que su madre interviniese. Por el momento, los prejuicios de su padre habían tenido que ocupar un segundo lugar, por conveniencia.

Y ella tenía que contar lo que había ocurrido, y hablarles acerca de Robert Gordon, de la mejor manera posible.

Cassie empezó relatando cómo había sufrido Angus el ataque. Luego contó cómo Robert los había salvado a Ian y a ella del estanque helado. Habló durante un buen rato, detallando todas las heroicidades de Robert.

Eso también hizo que se diese cuenta de lo mucho que le debía y de que Robert se había ganado sus besos.

Después de dejar claro que su familia estaba en deuda con Gordon, llegó la hora de la cena. En el momento en que anunciaron que la cena estaba preparada, la madre de Cassie se ablandó y los mandó a que se aseasen y se vistiesen para compartir la mesa con lord MacArthur.

Un sirviente le dio a Robert una camisa limpia para la cena. Mientras se bañaba, se le habían secado la falda y el jubón, se los habían cepillado y les habían quitado todas las manchas. El sirviente incluso le ofreció un lazo para que se lo atase al cuello. El baño de agua caliente empezó a calentarle los huesos. Para terminar, se puso una chaqueta de terciopelo que también le habían llevado.

Una vez que se hubo peinado, Robert estaba lo mejor que podía estar aquella noche. Tenía los labios cortados y secos y la piel estaba a punto de pelársele a causa del viento de las montañas.

Cassie también volvió al salón con el aspecto de una princesa de rostro quemado. Sonrió al ver a Robert al lado de la chimenea, rodeado de su padre y de sus inseparables esbirros. Robert levantó su copa para brindar nada más verla bajando por las escaleras.

Ella le hizo una reverencia muy formal mientras saludaba de nuevo a su padre. Estaba espléndido con la falda y una chaqueta prestada, y después de haberse dado el baño. A Cassie le dio un salto el corazón al pensar en que la había besado y le había dicho que quería casarse con ella. No podía creer que fuese posible, pero, aun así, le parecía muy emocionante.

—¿Así que estáis impresionado con Lochaber, verdad, cartógrafo? —dijo lord MacArthur dirigiéndose a Robert e ignorando el saludo de su hija.

—Lochaber es increíble —respondió Robert sin poder apartar la mirada de Cassie. Lady Claire se unió a ellos y un sirviente llevó jerez para las damas.

Luego, durante unos minutos, los hombres ensalzaron la belleza natural de su adorado condado y después lady MacArthur se volvió hacia Cassie y le hizo un gesto para que ambas se apartasen de ellos.

—Creo que has hecho una conquista, Cassie. ¿O es que os estáis riendo los dos de nosotros? Me resulta duro de creer que una MacArthur y un Gordon se hayan enamorado a primera vista.

—Nadie ha dicho que ése sea el caso, madre —replicó Cassandra evadiendo la pregunta.

Era cierto que ella había intentado resistirse a su hechizo, pero había perdido la batalla. Estaba muy orgullosa de todos sus actos. La había ayudado a bajar aquel barranco, algo increíble, y todavía sentía la adrenalina del éxito corriéndole por las venas.

—¿No? Entonces, ¿habéis estado peleándoos desde que él llegó a Glencoen? ¿Cuánto tiempo hace de eso? Me da la sensación de que lo proteges, hija. Sé clara conmigo.

Cassie evitó decirle a su madre desde cuándo conocía a Robert.

—Es difícil odiar a este Gordon en particular, dado que tiene gestos tan caballerosos.

—Los Gordon siempre son caballerosos. Es parte de su enrevesado encanto. He conocido a pocos que no sean capaces de convencer a una virgen criada en un convento para quitarse la ropa sólo con mirarla con sus devastadores ojos azules.

Cassie se puso colorada al oír a su madre hablando tan claramente.

—¡Madre, por favor! Yo no he conocido a ningún otro Gordon, y a pesar del historial que envía su señor, los papeles y recomendaciones, soy bien consciente de que es un Gordon. No obstante, he de admitir que este Gordon en particular tiene un atractivo difícil de ignorar. Millie ya se ha enamorado de él.

—¿Sí? —lady MacArthur sacó la vena de abuela que había en ella—. Así que Millie se interesó por él. ¿Cómo es eso?

Cassie se dio cuenta de que, en realidad, a su madre no le interesaba lo que pensase Millie.

—Robert la escuchó y aceptó sus preguntas durante una cena, en vez de ignorarla, como hacen con los niños la mayoría de los jóvenes. Eso me dio, quiero decir, le dio a Millie, más que pensar acerca de sus actos hasta entonces.

—Ya veo —comentó su madre arqueando una ceja con escepticismo.

—No quieras ver más allá de lo que te estoy diciendo —dijo Cassie, maldiciéndose para sus adentros por no poder evitar ruborizarse.

—Sss, Cassandra, estás hablando con tu madre, no con tu padre, al que puedes engañar con sólo menear una enagua. Pero hablemos de otras cosas —dijo lady MacArthur con una sonrisa que le iluminó la mirada—. Has elegido bien tu vestido de esta noche. Esa seda azul agua te sienta estupendamente hoy que tienes el rostro moreno. Para mí es un color demasiado pálido, como te dije cuando le pedí a Beatrice que utilizase la tela para hacerte un vestido a ti.

—Siempre dices eso de los azules claros, pero no es verdad.

—Gracias, Cassie. ¿Cómo está mi nieto más pequeño?

—No puedes imaginar cuánto ha crecido Willie en sólo un mes. Y Maggie también está bien. ¿Habéis tenido ya noticias de Jamie?

—Sí, llegó una carta suya la semana pasada. Dice que su rey no le da permiso para ausentarse de la corte y venir a vernos. Y que parece que nuestro rey Jaime está dispuesto a ir a Inglaterra a arrebatarle el trono a la reina Isabel. Saber guardar la compostura no es una de sus virtudes.

—Ni la mía —respondió Cassie mirando los humeantes cuencos y bandejas que los criados estaban poniendo sobre la mesa.

—Y supongo que tampoco es la de tu invitado.

—Sí, yo creo que siempre tiene el estómago vacío —comentó Cassie. Era su manera de decirle a su madre que aquel joven esbelto podía comer como un caballo.

Lady MacArthur dio por terminada la conversación con su hija y se acercó a su marido para preguntarle si estaba listo para cenar. Lord MacArthur dejó la copa de whisky y le tendió el brazo a su esposa.

Robert le ofreció el suyo a Cassie antes de que lo hiciese cualquier otro y la acompañó hasta la mesa. Le brillaron los ojos al ver los puerros y champiñones, el cordero asado, el haggis, la col, los guisantes y la calabaza, las manzanas asadas, el pan y cuatro ruedas de queso. Cassie estaba segura de que aquella noche Robert reventaría los botones de la falda, ya que se había fijado en lo poco que había comido al medio día.

La cena transcurrió de un modo muy similar a la de Glencoen, con dos excepciones. No hubo ninguna interrupción por parte de una niña de cinco años, y había una desconfianza implícita en el extraño por parte de su padre. Robert también parecía menos cómodo, ya que debía tener cuidado de no ofender a nadie ni sentirse ofendido.

Lord MacArthur era un hombre abrasivo y su principal pasión parecía ser retar y probar a todos los hombres que conocía. Cassie pensaba que lo que hacía en realidad era medir su propia importancia compitiendo con otros. Ella había visto a muchos jóvenes atacar a su padre antes de que él empezase a hablarles realmente con malicia.

Antes de que los sirvientes quitasen los platos por segunda vez, a Robert ya le sudaba el labio superior, sudor que se limpió discretamente con un pañuelo. Su padre se recostó en su sillón de respaldo alto y le dio otra charla, durante la cual dijo dudar que un joven que hubiese estudiado en la universidad de Edimburgo fuese capaz de probar que Escocia era geográficamente más grande que la poderosa Inglaterra.

—¿Debo entender, milord, que estáis insinuando que he intentado engañar a nuestro rey? —sugirió Robert—. Yo no creo haber dicho nunca que Escocia es más grande que Inglaterra, de hecho, es bastante más pequeña.

—Entendedlo como queráis, muchacho. ¿Dónde está la prueba del tamaño de Escocia?

—Todavía no he medido el país en millas, señor.

—Sí, ¿y acaso me equivoco si pienso que la medida de la milla cambiará con la llegada de un nuevo monarca? ¿Acaso no medimos las millas según lo establecido durante el reinado de Enrique VIII?

—Mi lord MacArthur —lo interrumpió Cassie—. ¿Has olvidado que Inglaterra está gobernada por una reina?

—No seas impertinente —respondió él volviéndose contra su hija—. Ya lo sé.

—Entonces, ¿qué pretendéis con vuestras palabras? —continuó ella, intentando evitar que su padre siguiese atacando a Robert—. Una milla siempre es una milla, y una pulgada, una pulgada, ¿o no?

—¡Precisamente por eso! —dijo MacArthur dando un puñetazo encima de la mesa de roble—. ¿Acaso no han cambiado las proporciones para ajustarlas a la robustez de su Majestad?

—No, no las han cambiado, siguen siendo las establecidas por Enrique VIII —le informó Robert en tono insulso. Luego miró a Cassie para decirle que podía defenderse solo ante su padre.

—Entonces, más motivos todavía para cambiar lo antes posible el reloj. Y hacer que las medidas sean mejores. Debería establecerse un sistema que estuviese a la altura de los escoceses. El rey Harry tendría que haberse subido a una banqueta para poder mirar a los ojos a cualquier habitante de los Highlands. Creedme, la longitud de la milla real cambiará para acomodarse al siguiente rey, Jaime de Escocia. Como ocurre siempre.

—Ya no —replicó Robert con absoluta convicción—. Ahora se fija científicamente.

—¡Tonterías! —soltó MacArthur.

En ese momento, Cassie le dio una patada por debajo de la mesa. Él se irguió y la miró.

—¿Por qué has hecho eso?

—Madre te ha pedido dos veces que le pases los puerros. ¿Vas a compartirlos con el resto o es que ya te has olvidado de lo que es compartir?

Su padre parpadeó y miró hacia el otro extremo de la mesa, donde estaba su esposa, mirándolo con una ceja arqueada.

—¿Los puerros? ¿Y por qué no me lo ha dicho? —preguntó tomando el cuenco y dándoselo a Cassie para que ella se lo diese a su madre.

Varias bandejas y cuencos más pasaron de mano en mano por la mesa.

Cuando los platos llegaron al otro extremo de la mesa, lady MacArthur hizo un gesto con la cabeza a la sirvienta, que estaba esperando para servir carne de venado y salmón calientes. La madre de Cassie hizo lo posible por tentar el apetito de su señor y hacer que se pusiese a comer.

Siguiendo el ejemplo de su madre, Cassie se volvió hacia Robert y le dijo que comiese mientras pudiese. Su padre no tardaría en volver a atormentarlo.

Lord MacArthur empezó a contar a los comensales cómo había sido la caza de su último verraco.

—No te dejes engañar por la faceta más amable de MacArthur —le susurró Cassie a Robert discretamente—. Está valorando si hacer de ti su próxima víctima y echarte un pulso esta noche.

—Dudo que pueda agarrar la mano de nadie esta noche —murmuró él entre dientes.

—¿No?

Cassie miró con curiosidad sus manos. Tenía las palmas llenas de ampollas.

—¿Has pedido un ungüento? —preguntó ella preocupada.

—No seas tonta, Quickfoot —contestó Robert en voz baja—. Si lo hiciese, me etiquetarían inmediatamente de cobarde.

Cassie estuvo a punto de preguntarle por qué se le había quejado entonces, pero ella misma se dio cuenta de la respuesta.

—Siempre eres así de sincero, ¿verdad?

—Buena deducción, milady —sonrió él.

—Ya contaremos nuestras heridas después —contestó Cassie. Luego se dio cuenta de lo que había dicho.

Aquello animó a Robert. ¿Había dicho Cassandra lo que él había creído oír? Estaba completamente centrado en ella y la sangre se le bajó hacia sus partes pudendas, haciéndolas revivir.

Tenía que cambiar el curso de la conversación... inmediatamente.

—Dime —susurró—, ¿qué hace una mujer tan adorable como tu madre entre esta panda de locos?

—Nadie ha hallado la respuesta en treinta años, pero todo el mundo se maravilla de que siga aquí —respondió Cassie, sintiéndose aliviada al ver que no hacía ninguna observación acerca de su comentario anterior.

—El amor y la lealtad son rasgos dignos de alabanza —murmuró él.

—¿Lo son?

—Sí. Mi madre también es así. Ya lo verás cuando vayamos a casa, a Strathspey.

—¿Vayamos? —repitió ella un tanto sorprendida.

—Sí —dijo él convencido. Cuanto más tiempo pasaba con Cassie, más seguro estaba.

Ella tomó su cuchillo y lo clavó en el salmón que tenía en el plato, atacándolo como si hubiese hecho algo mal.

—A partir de ahora tendrás que arreglártelas solo, Robert Gordon.

Robert no dijo nada durante un minuto, se limitó a observar su reacción. Luego, la atormentó todavía más susurrándole:

—Cobarde.

—Realista, mejor dicho.

—¿Queréis anguila, milady? —le preguntó en voz más alta.

—No, pasadla hacia el extremo de la mesa donde está mi madre —dijo Cassie oliendo un cuenco—. Odio esas cosas viscosas. Huelen fatal.

—No habréis aprendido a comer hasta que no hayáis probado anguilas con serpiente frita y salsa de pasas en la mesa del rey —bromeó Robert.

—Seguro que estáis de broma, milord.

—Me gusta cuando me llamas milord —comentó él metiéndose un bocado de venado en la boca y masticándolo con entusiasmo.

—Con ese apetito, algún día tendrás el tamaño de mi padre.

—¿Te disgusta eso? Es cierto que como, pero también lo quemo a lo largo del día.

—Ahora, que eres joven.

—Sí, tal vez tengas razón. Mi padre es como el tuyo, pero el tamaño también depende de la posición y la edad.

—A no ser que seas como Euan MacGregor, que es casi un gigante. Yo solía preguntarme lo que había visto Maggie en él. Ahora ya lo sé. Es muy bueno con ella.

—¿Y no piensas que tu padre también lo es con tu madre? No te gusta tu padre, ¿verdad?

—Tengo que vivir con él.

—Qué lengua tienes, Cassandra MacArthur. Eres una imprudente.

—Sss, come y calla. MacArthur volverá a prestarte atención dentro de poco.

Y con aquello terminó la cháchara.

Robert evitó conversar con los otros comensales.

Y Cassie intentó hacer que la cena terminase lo antes posible.

El médico de su padre los salvó a ambos entablando una conversación con lord MacArthur acerca de la salud de Angus. Cassie intentó escuchar lo que decían, pero hablaban en voz baja.

Cuando se tapó por tercera vez la boca para disimular un bostezo, su madre se apiadó de ella y le dijo que podía levantarse de la mesa.

—Qué suerte —le susurró Robert levantándose para despedirla—. A vuestro servicio, siempre, milady.

—Milord —respondió ella ruborizándose, luego miró a su padre, se inclinó y se marchó detrás de su madre.

Todavía no habían cerrado las puertas cuando su madre le habló.

—Quiero saber cómo es posible que un hombre al que ibas a evitar se ha convertido en tu confidente y cómo es que te has pasado la mitad de la cena hablando en susurros con él. Quiero saber qué está pasando. La verdad, Cassie, y recuerda con quién estás hablando.

—Querida madre, ¿qué queréis decir? —preguntó Cassie bostezando mientras miraba a su madre fingiendo inocencia.

—Sabes perfectamente lo que quiero decir, querida. Cuéntamelo. Ninguna de mis hijas me hizo partícipe de sus romances hasta que llegaste tú. Siempre has sido como un libro abierto conmigo. Ahora te ruego que me cuentes lo que está pasando antes de que me preocupe demasiado.

—¿Tan evidente es? —preguntó Cassie.

No sabía cómo responder a su madre. Dudaba que la verdad la ayudase en aquellos momentos, porque lo cierto era que, en realidad, ni siquiera ella sabía lo que le estaba pasando.

—Tan evidente como las pecas de tu encantadora cara. Has estado coqueteando con ese hombre de un modo muy atrevido durante toda la cena. Y, lo que es peor, ¡él te ha provocado para que lo hicieras! ¡Cuéntame lo que pasó en la granja de Maggie!

Desconcertada por la interpretación de su madre, Cassandra dijo de todo corazón:

—Sinceramente, madre, no sé más de lo que ya te he dicho.

Doce

Lady MacArthur se quedó donde estaba, con expresión de sorpresa.

—¿Esos son los hechos? —preguntó—. ¿Gordon le salvó la vida a Ian y luego volvió a rescatarte a ti?

—Sí, eso fue básicamente lo que pasó —contestó Cassie abrazando a su madre.

Lady MacArthur la abrazó y apoyó la barbilla en el pelo de su hija pequeña. Todavía lo llevaba húmedo y caía sobre sus hombros, brillando a la luz de las velas que había encendidas a lo largo del pasillo.

—Mis ropas mojadas me hicieron bajar hasta el fondo y no podía quitarme la capa. Además, no sé cómo, se me enganchó el patín entre dos piedras. Robert buceó dos veces hasta donde yo estaba antes de conseguir liberar mi pie, y me llevó a la superficie. No podía respirar, madre. De verdad, ya no me sentía como si me estuviese ahogando, no podía luchar más. No quería respirar, sólo quería cerrar los ojos y dormir. Estaba cansada de luchar contra el frío, el hielo y el agua.

El recuerdo de aquello hizo que Cassie levantase la barbilla y respirase profundamente, oliendo el perfume a agua de rosas y talco de su madre.

—Sentí que me apretaba aquí con las manos, muy fuerte —añadió.

Se llevó las manos de su madre al diafragma para enseñarle dónde le había apretado Robert para que echase el agua que tenía en los pulmones.

—Pero yo seguía sin ni siquiera intentar respirar. No me parecía necesario hacerlo. Así que él puso sus labios sobre los míos y me dio su aliento. Al principio era muy frío, pero luego me pareció caliente y me causó una sensación que me sorprendió. No sé cuánto tiempo pasó hasta que pude respirar de nuevo por mí misma. Fue como nacer de nuevo, como aprender algo necesario para vivir, ¿me entiendes?

—Oh, sí, cariño, claro que te entiendo.

Cassie sintió cómo su madre le daba un beso en la cabeza y sus lágrimas le mojaron el pelo.

—Debías haberle contado esto a tu padre.

Ella sacudió la cabeza y miró fijamente las llamas de la chimenea.

—No. No puedo contarle nada. Nunca me escucha. Se habría limitado a sacar la espada y a empezar a gritar que cómo había tenido la desfachatez de posar sus labios sobre los míos. No le habría importado el resultado. Tampoco se lo conté a Maggie, pero Euan debió de decirle algo porque Maggie se desvivió con los cartógrafos. Hay otro hombre que viaja con él: Alexander Hamilton, el hijo pequeño del marqués.

—Ah, ¿otro joven agradable?

—Es un hombre muy callado y pensativo. Robert también lo es. Ha ido a la universidad —Cassie se estiró y su madre apartó los brazos de ella.

—¿Y qué es lo que te inquieta? —le preguntó preocupada.

—Oh —Cassie se encogió de hombros—. Me temo que Robert sabe muchas cosas... importantes. Cosas que yo nunca sabría ni aunque viviese cien años.

—Pero, Cassie, tú has recibido una buena educación. Tanto tus hermanas como tú tuvisteis los mejores tutores del país. Yo quise que vuestra educación fuese tan buena como la de vuestro hermano Jamie.

—Pareces olvidar, madre, que yo desaparecía

constantemente. Me escapaba a las montañas en cuanto los tutores me daban la espalda.

—Sí, pero pasaste todos los exámenes incluso con mejores notas que tus hermanas. Esos mismos tutores alabaron tu inteligencia, a pesar de ser una niña descarriada —levantó la mirada y se quedó pensativa—. Supongo que lo que quiero decirte es que me alegro de que muestres algún interés por un caballero.

—Tal vez —Cassie bostezó—. Estoy muy cansada.

—Sí, ya lo veo. Deberías descansar. Yo me disculparé en tu nombre cuando vuelva al salón, y le diré a tu padre que te he mandado a la cama.

—¿De verdad? Pero, no, todavía no puedo acostarme. Tengo que evitar que Robert participe en la ronda de pulsos.

—¿Por qué?

—Porque también está cansado. MacArthur se aprovecharía de las ampollas que tiene en las manos.

Lady MacArthur frunció el ceño.

—¿Utilizasteis cuerdas para llegar hasta aquí con la tormenta?

—Madre, dejamos a Angus en la cueva y teníamos que volver al camino a pesar de la tormenta de nieve. Si no hubiésemos utilizado cuerdas, todavía estaríamos allí.

—Tienes un valor digno de alabanza, mucho más

del que una mujer debería de necesitar, Cassie. Yo me ocuparé de que tu Robert se libre de los pulsos. Ahora, vete a la cama, cariño.

—No podré dormir sabiendo que Dorcas está durmiendo en una cueva, atendiendo a Angus.

—Tanto Angus como Dorcas son más fuertes de lo que piensas. Seguro que saldrán de ésta.

—Tenía que llegar aquí lo antes posible, antes de que la tormenta llegase—comentó Cassie frunciendo el ceño y volviéndose a mirar por una de las ventanas que daban al jardín.

Su madre observó también el tiempo que hacía y se alegró de que su hija estuviese en casa, y no allí fuera.

—La situación de Dorcas y Angus no es lo que tenemos que solucionar —dijo lady MacArthur. Decidió que ya era hora de decir lo que pensaba acerca de las actividades de su hija menor—. ¿Cuánto tiempo más tienes pensado seguir evadiendo el matrimonio, Cassandra?

Cassie se apartó de la ventana al oír a su madre hablándole con tanta brusquedad y la miró con recelo.

—¿Qué quieres decir exactamente, madre?

—Ya sabes lo que quiero decir, Cassie. Me has dicho por qué te marchaste de la granja, y has metido el dedo en la fuente del problema entre tu padre y tú.

—¡Madre! ¿Todavía no llevo ni un día en casa y

empiezas de nuevo con eso? Ya te lo he dicho cientos de veces, no quiero que MacArthur me concierte un matrimonio. Quiero ser yo quien escoja, gracias.

—Cassandra, ya es hora. A tu padre le consume la preocupación de que pueda ocurrirle algo y que no tengas a nadie que te cuide. No puedes llorar a Alastair Campbell eternamente, niña.

—Me niego a hablar de esto —dijo ella dándose la vuelta. No quería sentirse acosada, sobre todo, dado que era el momento ideal para ir a ver a Robert a escondidas. En vez de explotar con su madre, se guardó sus pensamientos y su ira para ella.

—Me voy a la cama. Ha sido un día muy largo. Buenas noches, madre.

Lady MacArthur también parecía muy segura de sí misma.

—Cassandra, no puedes seguir eludiendo los hechos de la vida. Te casarás el primer día de mayo. Tu padre ya ha tomado la decisión.

—¿Con quién?

—Con Douglas Cameron.

—¡Madre! ¡Tiene cuarenta años y ha estado casado tres veces! —exclamó Cassie perdiendo la compostura.

—Es el jefe de su clan y tiene una buena posición, es el hombre que necesitas para asentarte por fin —contestó su madre con firmeza.

Cassie hizo un gesto de asco.

—¡No puedo creerlo! Acabo de confiar en ti y de contarte que casi me muero hace un par de días. Me he pasado todo el día viajando con el peor tiempo posible sólo para llegar a casa...Y tendré que volver a las montañas en cuanto amaine la tormenta. ¿Y me dices esto? No deberíamos estar hablando de matrimonios, ni de cosas que no tienen nada que ver con que Dorcas y Angus regresen a casa sanos y salvos. Buenas noches, madre. Debo hablar con el médico de mi padre y organizar el rescate antes de intentar descansar.

Lady MacArthur no se inmutó ante las airadas palabras de su hija.

—Tu padre ya ha enviado a varios hombres hace tres horas, Cassie. Cuando te despiertes mañana por la mañana Angus, Dorcas y el hijo de lord Hamilton estarán aquí sanos y salvos, si Dios quiere.

—¿Qué? ¿MacArthur los ha enviado sin mí?

—Por supuesto que sí. ¿Y crees que puedes darte el lujo de pasarte toda la cena coqueteando mientras que hay un hombre sufriendo en una cueva? —respondió su madre intentando razonar con ella, a pesar de tener que hacer esfuerzos por controlarse.

A pesar de seguir sorprendida, Cassie se dio cuenta de que su madre la estaba regañando. Intentó no sentirse herida, pero no pudo evitarlo.

—Bueno, ya veo que tendré que darle las gracias

a MacArthur por ser tan considerado y no molestarse en informarme acerca de su decisión, ¿no? —comentó con fría formalidad.

—Hija, asumes demasiadas responsabilidades. Tu padre es capaz de dirigir este condado sin tu permiso. Los hombres han tenido accidentes en estas montañas siglos antes de que tu imaginaria lady Quickfoot empezase a distorsionar el mundo para hacerlo a su gusto. También te agradecería que lo recordases al menos un diez por ciento del tiempo.

Cassie se sintió insultada por las palabras de su madre. Se puso muy recta.

—Siento haber tenido la osadía de pensar que podía haber sido de ayuda. Ahora, debo retirarme, si no tienes nada más que decirme, madre.

—Claro que tengo más cosas que decirte, pero lo dejaré pasar por el momento. No estoy de humor para continuar donde lo dejamos en Epifanía. Buenas noches, Cassandra.

—Buenas noches, madre —Cassie se dio la media vuelta y se marchó apresuradamente.

Cassie no subió a acostarse inmediatamente. Fue a la cocina, donde encontró a una sirvienta y a la cocinera, a las que pidió un par de servicios. Después de aquello, seguía tan enfadada que no quiso ir a su habitación ya que sabía que si lo hacía se cambiaría de ropa y se marcharía del castillo, para huir de todas las cosas que odiaba de él.

Como sabía dónde habría instalado su padre a un Gordon, Cassie recorrió los pasillos del castillo hasta llegar al piso más alto y al parapeto que recorría las murallas del mismo. Se envolvió en una de las grandes capas que colgaban de las perchas que había al lado de la puerta de la torre, salió a la tormenta.

La nieve cubría los cañones y sus balas de hierro. Incluso llenaba el fondo de los calderos negros que serían llenados de aceite hirviendo si alguien los atacaba. Durante toda su vida el castillo nunca había sido atacado, pero siempre estaban preparados por si acaso. Su padre y sus hombres entrenaban al resto del clan religiosamente para que supiesen utilizar las armas.

Hacía frío y el viento soplaba con fuerza, pero eso no aplacó la ira de Cassie. Rodeó el oscuro parapeto hasta ver la luz de un farol en uno de los barracones adyacentes.

Volvió a entrar en el frío y estrecho pasillo, cerró la pesada puerta y echó de nuevo el cerrojo. Luego se quitó la capa y la colgó en la percha. El pasillo estaba completamente en silencio, ya que no vivía nadie en aquel piso del castillo MacArthur, salvo en tiempo de guerra. Se sacudió la nieve del dobladillo del vestido, se colocó el chal sobre los hombros, se atusó el pelo y anduvo con paso firme hacia la mesa donde había dejado la palmatoria.

La vela seguía ardiendo y desprendía un brillo titilante sobre las oscuras vigas del techo y las frías paredes de granito. Cassie no se molestó en tener cuidado para que el suelo de madera no hiciese ruido. No había nadie a quien molestar en aquel piso, ni en el de abajo, donde se alojaban todos los sirvientes del castillo. Todo el mundo debía de seguir en el gran salón, donde habían empezado a sonar los violines y las gaitas.

La quinta puerta estaba entreabierta. En el interior de la habitación estaba Robert, arrodillado delante de la chimenea, alimentando el fuego. A pesar del frío, se había quitado la falda y las botas para hacerlo.

Eso hizo que Cassie se quedase con la mano levantada, pero no llamase inmediatamente a la puerta. No podía perder el valor. Estaba tan guapo, la piel desnuda le brillaba a la luz anaranjada del fuego, y Cassie tuvo que tragarse las dudas acerca de qué hacía allí ella sola.

El olor de la turba con la que Robert había encendido el fuego le entró por la nariz, como una invitación. La madera de pino y roble que había empezado a arder predecían el calor que haría allí durante la noche, todo un lujo después de un duro día de trabajo. Y Cassie necesitaba ese calor.

Robert se sentó sobre los talones, se sacudió las manos, todavía dándole la espalda, y Cassie no pudo evitar pensar en lo imponente que estaba.

Llamó a la puerta

Robert se dio la vuelta y la invitó a pasar antes de verla.

—Gracias —dijo ella con una sonrisa tan amplia como la de él.

—Dios santo, Cassandra, apareces en los lugares más inesperados. ¿Qué estás haciendo aquí?

Se puso de pie muy despacio, todavía frotándose las manos, y luego fue hacia la cómoda en la que había una pila, aguamanil, una toalla y jabón. Al lado de la cómoda estaba la cesta que Cassie había pedido que le subieran.

Ella se puso al lado de la cómoda y dejó allí la palmatoria, luego desdobló la enorme servilleta que había en la parte alta de la cesta mientras él se lavaba las manos.

—¿Ha hecho mi padre que te bañases aquí? —preguntó Cassie al ver que hacía una mueca cuando el jabón se le metía entre las ampollas.

—No —contestó él—. De hecho, ha sido muy considerado y le ha pedido a uno de los sirvientes que me acompañase al baño común que hay fuera, en el lavadero.

Consternada, Cassie no pudo evitar decir:

—Ah, eso ha sido muy amable por su parte. No

le ha pedido a nadie que suba seis pisos con agua caliente. Robert, siento mucho que te hayan alojado aquí. Espera, dame las manos.

—Un momento —Robert se las aclaró, aunque el agua también debía de contener bastante jabón, ya que hizo una mueca al meter las manos en ella—. Parece jabón de lejía.

—¿Eso? —Cassie miró en el cuenco donde estaban los jabones—. Es lo que se utilizaba en el lavadero para hervir la ropa de casa y prendas íntimas.

Robert levantó las manos para que se le aireasen.

—Esto te ayudará —dijo ella abriendo un frasco con ungüento—. Dame la mano.

Robert le tendió la mano derecha con mucha cautela, dando por hecho que lo mejor sería hacer lo que le decía y terminar con aquello lo antes posible. Cassie la tomó entre las suyas y la acercó a la luz, luego echó en ella una generosa cantidad de crema.

—Mi madre siempre nos pone esto en las heridas. También es bueno para el dolor —comentó.

Extendió la crema en su mano cuidadosamente. Robert se quedó quieto y la dejó hacer.

—Tienes razón, no duele, y sólo tus caricias ya son una bendición.

—Eso es porque tengo bastante experiencia con ampollas y heridas. Sé que hay que tocarlas con cuidado, y eso es lo que estoy haciendo.

—Gracias —dijo él dándole la mano izquierda de buen grado.

La crema le hizo sentir frío en las manos, pero eso le alivió el dolor. Cassie no dejó de acariciarle las manos hasta que la piel la hubo embebido por completo.

Luego se frotó las manos con lo que le había sobrado.

—Espera. Todavía hay más —sacó un rollo de gasa y empezó a vendarle las manos.

—No creo que necesite vendas —dijo Robert sonriendo, divertido al ver lo concentrada que estaba Cassie.

—¿Quieres tener esas ampollas curadas mañana por la mañana o prefieres que se te infecten y te duelan? —preguntó Cassie bajando la cabeza.

—Prefiero que se me curen, por supuesto, aunque me parece un tanto presuntuoso por tu parte decir que estarán curadas mañana, ¿no crees? —comentó él sonriendo.

Cassie tenía dos remolinos en la coronilla y olía deliciosamente. Se acercó más a ella, inhalando el aroma a limpio de su pelo y su olor a rosas.

—Las ampollas tardan varios días en curarse —añadió.

Cassie le ató el primer vendaje y luego se dispuso a ponerle el segundo. Hizo el último nudo y utilizó los dientes para cortar la venda sobrante.

—Ya está. Seguro que así estás mejor. Te puedes quitar las vendas mañana por la mañana, cuando te levantes.

Cassie recogió la vela y se volvió, observó la habitación. Había telarañas por todas partes. Luego miró hacia un rincón en el que había un montón con sábanas, marcos de cama y colchones enrollados.

—Dios mío, debe de haber hasta ratas.

Había un estante cerca del fuego, cubierto con un colchón y una manta de lana. La celda de un monje habría sido más cómoda que aquello.

—Yo no he oído ratas.

Robert se secó la grasa que tenía en los antebrazos con la toalla que le habían dado, una toalla que Cassie habría tirado a la basura.

—Las ratas prefieren los lugares en los que hay comida. Y no creo que puedan encontrar nada de comer aquí —añadió.

—Esto es demasiado, Robert. MacArthur te ha insultado alojándote aquí. Voy a bajar y voy a arreglar inmediatamente esto con mi madre. Te mereces algo mucho mejor que esto.

Robert, que había empezado a ponerse la camisa, se detuvo, dejándola abierta, y fue a agarrar del hombro a Cassie, que ya se había dado la vuelta decidida a hacerlo.

—No, Cassie, no lo hagas. Estaré bien aquí. Hay

una manta, y tengo mi jubón además del fuego para calentarme.

Cassie observó su pecho antes de levantar la mirada hasta su rostro, donde vio algo que le era conocido, la testarudez.

—He dormido en más de una buhardilla durante mis viajes, y he visto cómo se rompían las normas de la hospitalidad en una o dos ocasiones. He aceptado esta habitación, y ya está.

—Eres más terco que una mula.

La mirada de Robert se suavizó antes de quitarle la palmatoria de la mano y dejarla encima de la cómoda.

—Sí, ¿no me lo habías dicho ya antes?

—No estoy segura —contestó ella conteniendo la respiración, casi sin atreverse a echar el aire, hechizada por la expresión de su rostro y por el eco de sus palabras en las vigas del techo.

—Me alegro de que hayas venido —comentó Robert poniéndole las frías manos en las mejillas—. No debes quedarte mucho tiempo, éste no es lugar para una señora. Pero dado que has venido y que estamos solos... He deseado hacer esto desde la primera vez que te vi.

Bajó la boca hacia la de ella y a Cassie se le detuvo el corazón dentro del pecho.

Ella lo había besado durante el descenso. Y luego otra vez, a petición suya, cuando habían acabado de bajar. Pero ese beso no tuvo nada que ver con los anteriores. Los otros habían sido fríos como el hielo de las montañas en comparación con ése. Era un beso ardiente, lleno de pasión.

Cassie retrocedió, pero Robert la había rodeado con sus brazos.

—Abre la boca, Cassie —le dijo—. Ya no somos dos niños que se exploran con timidez. Yo soy un hombre y tú, la mujer más dulce y deliciosamente tentadora que he conocido en toda mi vida.

Después de aquello, la apretó contra su duro pecho y la besó de nuevo, metiéndole la lengua en la boca, haciendo que ella respondiese.

Cassie lo rodeó también con sus brazos, entrelazó los dedos entre su pelo y luego le acarició los hombros. Su piel desnuda estaba suave como la seda, y los músculos de debajo eran duros como piedras. Se perdió en él, estiró de su camisa para quitársela y poder tocar y sentir más de él. La camisa cayó al suelo y allí se quedó, olvidada.

Se regodeó tocando y sintiendo su pecho, sobre el que había una suave alfombra de pelo oscuro que bajaba en forma de flecha hasta perderse en su cintura.

Cassie no se atrevió a explorar más allá, estaba segura de que ya se había tomado más libertades que cualquier otra doncella de los Highlands.

Robert entró en razón al sentir que los dedos de

Cassie le acariciaban el ombligo. Estaba completamente excitado, y deseaba terminar lo que había empezado. Apartó la boca de sus suaves y dulces labios y le agarró la mano.

—Si sigues bajando, milady, no saldrás de esta habitación con tu doncellez intacta —le advirtió.

—¿Y si no quisiera marcharme de aquí en las mismas condiciones en las que he llegado? —preguntó Cassie apoyándose en su brazo, con los ojos clavados en los de él y el alma perdida en ellos. Eran tan azules como el cielo en el mes de enero.

—¿Por qué ibas a querer hacer algo así, Cassie? —le preguntó Robert sintiendo que se enfriaba su pasión. Algo iba mal. Estaba seguro. Buscó en su rostro la respuesta y lo único que encontró fueron unos labios entreabiertos, y la invitación de sus ojos de que tomase todo lo que quisiese.

—No lo sé. Sólo sé que es así. No me eches de aquí, Robert —apartó la mano de la de él y la colocó en su pecho, luego, bajó la mirada hasta ella.

—Cassandra —dijo Robert agarrándola por la barbilla y levantándosela para que lo mirase a los ojos—. Ésta es la casa de tu padre, no del mío. Mírame. ¿Te das cuenta de lo que me estás pidiendo?

—Robert, por favor, tal vez ésta sea la única oportunidad que tengamos de estar juntos. No puedo contarte lo que siento en mi corazón, porque ni siquiera yo lo entiendo. Pero quiero estar contigo, querría estarlo para siempre si fuese posible. Por favor, bésame otra vez.

Subió la mano hasta su cuello para invitarlo a besarla. Él se resistió y la agarró por los codos, tenía que calmar la pasión de ambos hasta que fuese capaz de pensar con claridad.

La desesperación de Cassie lo enfrió más que el viento del mes de febrero. Ella no le había dicho que lo amase, sólo que lo deseaba, que tal vez no tuviesen otra oportunidad para hacer aquello. ¿Qué era lo que no le contaba? ¿Qué quería de él? Cassie era una doncella de los Highlands, destinada a convertirse en la novia y esposa de algún hombre. No era de las mujeres con las que se podía hacer el amor una noche y olvidarla después. Al menos, él no sería capaz.

—Una sola noche no es lo mismo que siempre, Cassie —le dijo seriamente.

—Podría serlo —contestó ella conteniendo las lágrimas que amenazaban por recorrer sus mejillas—. Si es lo único que puede tenerse.

Él la sacudió suavemente.

—Habla claro. ¿Qué está ocurriendo en este castillo que yo no sepa?

—No puedo decírtelo —Cassie sintió que perdía los nervios que tan bien había controlado desde que se había despedido de su madre—. ¡No me lo preguntes!

En un segundo, se zafó de él, se dio la vuelta y corrió hacia la puerta. Robert debía haberla dejado marchar, pero le dio miedo que hiciese alguna tontería.

Corrió tras de ella hasta el pasillo, haciendo retumbar la madera con sus botas, hacia una puerta que sólo podía dar a la muralla. Allí había montones de nieve fundida en los tablones del suelo. Cassie abrió la puerta y Robert resbaló en la nieve.

Chocó contra una capa húmeda que había colgada de la pared y cayó al suelo, dando con las piernas desnudas sobre la nieve que se había caído de la capa. Cassie salió corriendo por la puerta, sólo Dios sabía hacia dónde.

—¡Cassie! ¡Vuelve! Ésa no es la puerta que lleva a las habitaciones de tu familia —gritó Robert mientras volvía a ponerse en pie y agarraba la capa mojada para taparse los hombros desnudos.

Se alegró de haberlo hecho al abrir la puerta y sentir una corriente de nieve sobre la cara. Se limpió los ojos para poder ver y fue detrás de ella.

—¡Cassie! —gritó sin preocuparse por si lo oían.

—Vuelve dentro, Gordon. No voy a contestarte.

Su voz hizo que Robert supiese dónde estaba, pero el corazón se le cayó al suelo al verla trepando por una almena cubierta de nieve, haciendo caso omiso del viento que le arrancaba la ropa y el pelo. Cassie se estiró sobre el borde de piedras, con los brazos extendidos, posando como un saltador que fuese a zambullirse en una charca en verano.

—¡Qué Dios nos ayude! —rezó Robert entre dientes. No sabía qué hacer, ni qué le pasaba a la chica, ni lo que le había hecho para molestarla tanto. Los latidos del corazón le retumbaban en los oídos, se obligó a tranquilizarse como un guerrero que se enfrentase a la muerte y a la guerra.

Se acercó a ella en silencio y esperó a que el viento amainase.

—Bonita manera de dejarme, Cassie, llena de culpabilidad y rechazo. Y yo que pensaba que estaba siendo honesto al negarme a seducirte.

—Márchate, Robert, quiero estar sola —dijo ella estirando los brazos hacia delante—. Necesito estar en silencio para hacer las paces con Dios.

—¿Y por qué no has empezado por decirme eso? ¿Qué soy yo entonces? ¿Tu último homenaje? ¿Una aventura final antes de terminar con todo? Baja, Cassie, y haré el amor contigo. Luego, puedes matarte si quieres mientras duermo.

—No tengo miedo a morir.

—Ni yo tampoco, pero no me atrae la idea de arder para siempre en el infierno, muchacha —se había acercado a ella lo suficiente como para agarrarla de las faldas. Pero no conseguiría nada si ella saltaba y le dejaba con un trozo de tela en las manos—. Creo que Dios no puede perdonarte por ello.

—Tal vez tú no sepas cómo hablar con Él.

—Tal vez —Robert hizo una pausa antes de dar otro paso adelante con cuidado—. Y tal vez tú deberías intentar hablar conmigo antes que con él. Tengo que confesarte que me encuentro un tanto confundido en estos momentos. ¿Acaso no eres la misma mujer que me estaba besando hace un rato? ¿Que me invitaba a gozar de ella?

Cassie se dio la vuelta para mirarlo, guardando el equilibrio y sin mostrar ningún miedo del viento que le golpeaba el vestido contra el cuerpo.

—¡No te acerques ni un paso más! —exclamó balanceándose peligrosamente al estirar una mano hacia él para detenerlo.

—¿Qué demonios...? —Robert saltó y se puso en el merlón que había a su lado, quedando un poco por encima de ella.

El borde estaba allí mismo, debajo de su cara. El viento lo golpeaba con toda su fuerza, haciendo que se tambalease. Miró hacia abajo, había un muro de seis pisos, antes de recuperar el equilibrio. Cuando lo consiguió se dio cuenta de que la mano de Cassie le estaba agarrando la rodilla izquierda, como si con eso hubiese podido evitar que se cayese.

—¿Por qué estás haciendo esto? —gritó Cassie—. ¡Baja y vete para dentro! —dijo con ira y frustración.

Robert miró cariñosamente su bonito rostro. Sacudió la cabeza, casi para espabilarse, ya que estaba mareado.

—¿Me creerías si te dijese que iría adonde tú fueses? Cuando te pedí que te casases conmigo, te lo pedí de corazón, Cassandra. Pero quiero que lo hagamos en una iglesia. Es lo que ambos nos merecemos. Mi idea de una noche de bodas no tiene nada que ver con unos besos robados y sexo rápido en una buhardilla.

—Yo intentaba decirte que me contentaría con eso.

—¿Contentarte? ¿Es eso lo único que quieres de mí, Cassie? ¿Satisfacción? Yo necesito algo más.

—Robert, por favor, baja. Tú tienes motivos por los que vivir... Un futuro. Yo no.

—¿Por qué no?

Cassie miró hacia las rocas que tenía debajo.

—Es demasiado duro de contar. Sólo créeme. Vete y deja que haga lo que tengo que hacer.

—La dureza de las cosas depende de cómo se miren. Piensa cómo serían de duras para mí si tuviese que soportar las repercusiones de tus actos —dijo Robert señalando hacia abajo, esperando que Cassie se diese cuenta de lo que la esperaba allí.

Pero ella no apartó su mirada, enfadada y herida, de la de él.

—Quiero decir que yo también estaré muerto si saltas —continuó—. Tu padre y sus esbirros se vengarán. Ya ves, Cassie, será a mí a quien culpen de tu muerte.

Cassie no respondió, pero Robert se dio cuenta de que estaba temblando.

—Dame la mano. Vamos a acabar con esto. Hace demasiado frío aquí fuera y estoy tiritando —le ofreció la mano y se dio cuenta de que ella también temblaba.

Cassie le dio la mano, pero él la agarró por la muñeca con fuerza. Ella hizo lo mismo, aferrarse a la de él.

Luego, sin avisar, Cassie saltó hacia atrás, tirando de su brazo con todas sus fuerzas, haciéndolo caer hacia atrás sobre la nieve del tejado.

Cassie no había tenido en cuenta sus reflejos, ni su fuerza, y sólo había pensado en su propia rapidez y en que lo inesperado del movimiento jugaría en su ventaja.

Pero no había podido ser. Robert estaba encima de ella, sobre la nieve, agarrándola con fuerza por ambas muñecas.

—Creo que ésta es la parte en la que entramos dentro, milady, y hablamos más tranquilamente.

Cassie intentó zafarse de él y darle un rodillazo en la entrepierna. Cuanto menos éxito tenían sus esfuerzos, más desesperadamente luchaba ella.

—¿Vas a entrar conmigo por tu propia voluntad? ¿O prefieres que me ponga duro contigo?

Cassie respondió mordiéndole los dedos.

—Como quieras —Robert le agarró las dos muñecas con una sola mano y cerró la otra para darle un puñetazo.

Cassie vio llegar el golpe y sintió pánico. Gritó lo primero que se le pasó por la mente:

—¡No te atrevas a pegarme!

Robert se quedó paralizado. Era una mujer. Nunca había pegado a una mujer en toda su vida. Aquélla lo estaba volviendo loco.

—Mujer, no me dejas elección, es el único arma que tengo para someterte. Dios santo, ¿te has dado cuenta de que querías suicidarte?

En ese momento ella se quedó quieta, le empezaron a temblar los labios y comenzó a llorar.

—Oh, Cassie —dijo Robert abrazándola contra su pecho.

Ella se aferró a su cuello y lloró desconsoladamente.

Robert le levantó la cara de la nieve, la meció y la besó para tranquilizarla y para calmar su miedo y su ira. Cuando por fin se calló, él se puso en pie, la levantó de la nieve y la llevó de vuelta a su habitación. Se sentó con ella delante de la chimenea y empezó a quitarle la nieve del pelo y de la cara.

Luego la abrazó mientras el resto de la nieve se derretía. Cuando sintió que tenía el vestido empapado, se lo quitó con cuidado, tendiéndolo en una cama para que se secase. Luego volvió a la cama que se había hecho al lado del fuego y levantó a Cassie, que iba vestida sólo con una camisa y unas enaguas, la colocó de nuevo en su regazo y se contentó con abrazarla.

Ninguno de los dos fue capaz de articular palabra hasta después de que la campana de la capilla del castillo hubiese dado las once.

Trece

La última campanada hizo que Cassie levantase la mejilla del hombro de Robert.

—Tengo hambre —dijo.

—Umm. En eso no puedo ayudarte. En esta habitación no hay nada para comer.

—Sí —lo contradijo Cassie llevándose la mano al cuello. Se rascó ligeramente y luego se pasó la mano por el pelo enmarañado, apartándoselo de la nuca—. Estoy cansada de mi pelo. Si me dejas que me levante, iré a buscar la cesta.

—¿Me dices antes qué hay dentro? —preguntó él sin apartar las manos de su cintura y su hombro.

—Una botella de burdeos, espero. Dos copas de cristal, queso, una o dos hogazas de pan, y la carne que haya podido conseguir la cocinera.

—¿Y puerros y anguilas?

—No. Manzanas, tal vez peras si quedaba alguna en la despensa.

Robert le dio un beso en la frente y ella lo miró a los ojos.

—Voy a dejarte marchar, Cass, pero sólo porque confío en ti. No me decepciones.

—Voy por la cesta y vuelvo.

Él abrió los brazos. Cassie se puso en pie, fue hasta la cómoda y tomó la cesta, recogió la manta que había en la cama de Robert y volvió con todo a la chimenea. Dejó la cesta, extendió la manta en el suelo delante del fuego, se arrodilló en ella y dio un par de palmadas en el hueco que había a su lado.

—Trae la cesta.

Robert se dijo que si se levantaba de allí era para saltar sobre ella y tumbarla. Respiró profundamente para calmarse y consiguió dejar la cesta al lado de sus rodillas. Luego se puso de rodillas delante de ella. Cassie estiró el brazo para alcanzar la servilleta que cubría la cesta. Tenía los pechos hinchados debajo del escote de la camisa, subían y bajaban cada vez que movía graciosamente los brazos esbeltos y pálidos. A Robert no le había costado trabajo abrazarla. Pero verla moverse vestida sólo con la ropa interior era la imagen más sensual que había visto en toda su vida.

—¿Por qué no vamos a mi habitación en vez de quedarnos aquí? —sugirió Cassie, que no era consciente del tormento que sufría Robert—. Allí hay cojines y edredones en abundancia.

—Sí, buena idea. ¿Bajamos? —al menos el paseo por aquellos heladores pasillos le tranquilizaría.

—Mejor no —decidió Cassie sacando una botella del fondo de la cesta y dejándola al pie de la chimenea—. Aquí tenemos más intimidad.

—Sí —Robert se preguntó si tendría pecas en el ombligo, y sólo de pensarlo se volvió loco. Levantó la mano para tocar el pequeño lazo que había atado bajo sus pechos y sintió que perdía la fuerza de voluntad. No podría tocarla sin hacerla suya.

Cassie se quedó quieta al ver que le deshacía el lazo. Él pasó los dedos por la línea de su escote, bajándolo para dejar sus pezones al descubierto. Después se lo bajó también por los hombros. La camisa se le quedó en la cintura.

—¿No tienes hambre? —le preguntó ella inocentemente, intentando romper la tensión que había entre ambos.

—Sí, hambre de ti —dijo Robert saciándose de ella con la mirada.

Tenía los pechos firmes, redondos, llenos de pecas y con las puntas sonrosadas. No satisfecho con aquello, llevó la mano al único botón que cerraba las enaguas de Cassie. Estaba acostumbrado a los lazos y los ganchos de hierro, pero era la primera mujer que veía con un botón de marfil en las enaguas. Él sabía por qué prefería los botones en su ropa, para vestirse y desnudarse más rápidamente. Ya le preguntaría a Cassie después por qué los prefería ella también.

Cassie contrajo el vientre al notar sus nudillos cuando le hubo desabrochado el botón. Contuvo la respiración y las enaguas se le bajaron hasta las caderas.

—No te preocupes, Cass —dijo Robert dándole un beso en la nariz.

La agarró por la cintura, le quitó la ropa y la puso en su regazo. Ella misma se quitó los zapatos de una patada y se colocó tal y como él quería, acariciándole los muslos, completamente abierta a su mirada y a sus ardientes caricias.

—No me preocupo —contestó entrelazando los dedos detrás de su nuca.

—No, ¿cómo ibas a preocuparte? —dijo Robert apoyando las manos en sus rodillas, sonriendo, con las manos abiertas para acariciarle los muslos.

Se contuvo todo lo que pudo, para dejar que ella se acostumbrase a sus ojos y para saborear su belleza. Cassie se humedeció los labios, nerviosa, le temblaba el vientre.

—Dime qué viene después. ¿Qué tengo que hacer?

—Besarme, venir a mí y dejar que sienta tu cuerpo apretado contra el mío.

Ella dudó, tragó saliva y susurró.

—¿Y tu falda?

—¿No te asustarás si me la quito?

Ella empezó a ruborizarse.

—No, no es la primera vez que veo a un chico desnudo.

—Yo no soy un chico —replicó él—. Y estoy muy excitado, de tanto que te deseo.

—Quítatela.

—Como tú quieras, siempre, mi amor —Robert se desabrochó la falda y se la quitó.

Cassie miró sólo un poco antes de apoyar su pecho contra el de él y besarlo en los labios.

Él la dejó que llevase la voz cantante por el momento, luego intentó que el ardiente deseo se convirtiese en pasión. Se sentó sobre los talones y recorrió con las manos la zona externa de sus piernas hasta llegar a su trasero, que agarró con ambas manos. Luego la levantó hasta tener su delicioso cuello a la altura de la boca, se lo mordisqueó y besó hasta memorizar todas sus pecas.

Sólo entonces hizo que se arrodillase ella también para probar por primera vez sus pechos y despertar la atención de sus pezones. Cuando le chupó el primero ella echó la cabeza hacia atrás y gimió, apretando las caderas contra el vientre de él con ansia. Robert la mantuvo en aquella posición agarrándola por las caderas con la mano izquierda. Con la derecha le acarició la parte interna de los muslos hasta llegar a su sexo.

—Dios mío, ¿qué me está pasando? —gimió Cassie sacudiendo la cabeza, incapaz de controlar los temblores que sentía en su interior mientras los dedos de Robert exploraban aquel lugar que nadie antes había tocado.

El pelo de Cassie cayó sobre el brazo de Robert, que rió suavemente y buscó el otro pecho con la boca, deseoso de enseñarle todos los placeres del amor. Mientras volvía a chupar le acarició con el pulgar el centro de su sexo y con el índice la entrada del útero.

Cassie era pequeña y estaba tensa y muy húmeda, temblaba al sentir que el deseo iba creciendo con cada caricia. Él aumentó la presión en su pezón y ella se apretó inconscientemente contra su boca. Robert le metió otro dedo en su interior, mientras seguía acariciándole la vulva con el pulgar. Ella fue abriéndose poco a poco a él al tiempo que le clavaba las uñas cortas en la espalda.

Satisfecho después de haber conseguido que se le endureciesen los pezones, Robert le soltó el pecho y la besó en los labios de nuevo, uniendo su lengua a la de ella al tiempo que sus dedos iban avanzándole lo que ocurriría poco después.

Robert sabía que tenía que darle más tiempo para que se acostumbrase a aquello, pero sentía una necesidad difícil de controlar. Todavía estaba sentada a horcajadas sobre él, así que la tumbó sobre la espalda y le hizo sentir hasta dónde llegaba realmente su deseo.

Cassie lo miró alarmada al notar cómo sus caderas se alineaban con las de ella y su erección se apoyaba contra la entrada de su sexo. Robert no le dio tiempo a que hiciese preguntas, la besó de nuevo. Quería tenerla por completo, que sus cuerpos fuesen uno solo.

Ella no podía dejar de mover los pies, y no sabía qué hacer con las piernas mientras él se colocaba mejor. Entonces, empezó a penetrarla muy despacio.

Robert no dudaba de su doncellez, ya que sólo había empezado a entrar cuando se encontró con la barrera. La rompió de un solo empellón y, una vez completamente dentro, sus cuerpos se fundieron a la perfección. Robert no supo si Cassie había gemido un poco de dolor, no la había oído. Ella encontró la mejor posición para sus piernas, encima de las caderas de él, afianzando su unión.

Robert levantó la parte superior de su cuerpo y le sonrió, complacido con el movimiento de sus caderas.

—Acabas de descubrir algo, ¿verdad?
—Oh, sí —contestó ella sonriendo.
—¿Te hago daño?
—No, me siento estupendamente. Aunque tensa.
—Sí, ya lo sé.
—¿Y ahora qué?
—Ahora cabalgamos juntos, mi amor —contestó él. Luego la besó para impedir que siguiese hablando.

La agarró por debajo de los hombros para explicarle con actos lo que nunca podría explicarle con palabras. Esperaba que su clímax fuese maravilloso, pero no estaba preparado para sentir la explosión de sentir el orgasmo de ella al mismo tiempo.

Cuando plantó su semilla en ella, Cassie gritó su nombre y explotó en un millón de trozos.

El sudor hizo que sus pieles se fundiesen. Robert no podía moverse y ella no podía dejar de hacerlo involuntariamente. Sus músculos internos temblaban y se contraían y Robert nunca había sentido algo así.

Había oído hablar de mujeres que también llegaban a sentir el verdadero placer al hacer el amor, pero nunca había yacido con una que entendiese realmente aquella sensación. Se perdió dentro de ella y sintió que aquello le daba nuevas fuerzas y reavivaba su deseo de hacerla suya de nuevo, una y otra vez.

Fue cuando volvió a recuperar el sentido cuando se dio cuenta de que lo que había ocurrido entre ellos había sido mágico y que Cassie estaba tan exhausta como él después de aquello.

La agarró por la barbilla y besó sus suaves labios.

—Ahora eres mi mujer, Cassandra. Mía y de nadie más, recuérdalo.

La leña de la chimenea crepitó y Robert se puso de espaldas y la apretó contra su lateral, dejó que Cassie apoyase la cabeza en su brazo. Se acariciaron y hablaron de la niñez, de la adolescencia y de cosas divertidas que les habían pasado. No hablaron de lo que pasaría al día siguiente. Robert le contó el trabajo que le quedaba por hacer y Cassie le confesó que tenía una cabaña escondida en el Ben Nevis que era suya y sólo suya.

Cuando la campana de la capilla dio las doce y media, Cassie se sentó y le dijo que tenía que marcharse.

Robert quería impedírselo, quería que se quedase a su lado toda la noche, pero sabía que ella debía ir poco a poco hasta poder hacer el amor de un modo más regular. Insistió en desenredarle el pelo, luego la ayudó a vestirse y a colocarse la ropa sin ayuda de un espejo o de su señorita de compañía.

Él sólo tardó unos segundos en ponerse la camisa y la falda, echarse la banda sobre el hombro y atarse el cinturón.

Luego le puso el brazo alrededor de los hombros y la acompañó hasta el tercer piso, allí, en la puerta de su habitación le dio un beso de despedida.

Ninguno de los dos quería que aquella noche terminase.

—Hasta mañana —le dijo Cassie dándole la mano al ver a la doncella de su madre avanzando por el pasillo con una sartén llena de carbón con la que calentar la cama de lady MacArthur antes de que ella se retirase.

—Hasta mañana —contestó él haciendo una reverencia y besándola en la mano. Impulsivamente, se quitó el sello que llevaba puesto y se lo colocó a Cassie en el dedo anular—. ¿Lo llevarás hasta que te haga uno para ti, Cassandra?

El anillo era demasiado grande para su dedo, pero Cassie entendió el significado de aquel gesto.

—Sí —asintió—, pero si no te importa, lo llevaré colgado de una cadena en el cuello para no perderlo.

—Envidiaré su posición tan cerca de tu corazón. Buenas noches, mi amor.

—Buenas noches —Cassie se inclinó y entró en su habitación, cerrando la puerta detrás de ella.

Robert se marchó.

La habitación de Cassie se había quedado fría, ya que nadie se había ocupado de alimentar el fuego. Lo encendió de nuevo y se quedó delante de la chimenea, examinando el anillo de oro. En el estaba gravado el ciervo y la corona del clan Gordon.

Fue hacia el tocador y se sentó para buscar una cadena de la que colgárselo. Luego se preguntó qué haría si su padre no aceptaba que se casase con él. Recordó la carta que había recibido del rey, la carta que no le había enseñado a nadie por miedo a que le hiciesen cumplir con sus exigencias sin su consentimiento.

En esos momentos, sabía que Robert era el marido que siempre había deseado tener, aunque fuese un Gordon.

Volvió a guardar la carta del rey y se dio cuenta de que el estómago le rugía de hambre. Era normal, había comido como un pajarito aquella noche. Salió de su habitación y se encontró con su madre que se iba a la cama.

—¿Adónde vas a estas horas de la noche, hija? —le preguntó lady MacArthur deteniéndose.

—A la cocina, tengo hambre.

—Pensé que habías pedido que llevasen una cesta con comida a tu habitación.

—No, pedí que la llevasen a la habitación de Robert Gordon por si tenía hambre él. Yo acabo de despertarme.

—Sí, ya lo veo. Has debido de quedarte dormida con el vestido puesto. Está todo arrugado. ¿Cuántas veces tengo que decirte que te quites la ropa antes de tumbarte? —la regañó estirándole las arrugas de las mangas—. No te entretengas, los sirvientes también necesitan descansar.

—No te preocupes —contestó Cassie, se inclinó ante su madre y se marchó.

En la cocina quedaban restos de carne de ave y gruesas rebanadas de pan con mantequilla. Cassie comió hasta saciarse, bebió una cerveza y le dio las gracias a la criada por haberle servido. Luego volvió a su habitación dispuesta a dormir.

Anduvo con paso firme por los pasillos del segundo piso del castillo. Quería llegar al ala este lo antes posible y evitar así cualquier confrontación con su padre.

Pero no iba a conseguirlo. El viejo zorro había colocado a uno de sus esbirros en la puerta de su despacho y ése lo avisó de su presencia. Unos segundos después aparecía su padre en la puerta y la hacía entrar sin necesidad de hablar.

—Milord... —dijo Cassie intentando escapar—, iba a acostarme. Estoy agotada después del duro día.

—En ese caso, dormirás bien, pero antes quiero hablar contigo.

Cassie suspiró y, dado que estaba atrapada, entró graciosamente en el despacho.

—Siéntate cerca del fuego, Cassie. Vamos a estar aquí un rato —cerró la puerta para proteger su privacidad y luego fue a servirse una copa de whisky.

A regañadientes, Cassie miró los tres sillones de respaldo alto que había frente al fuego. Los había odiado desde niña. Se acercó al del medio e iba a sentarse cuando se dio cuenta que en el de la izquierda estaba Robert Gordon.

Sorprendida, Cassie no pudo evitar exclamar:

—¿Milord? ¿Qué hacéis aquí?

Robert dejó a un lado su copa de whisky y se puso en pie.

—Milady —dijo en tono demasiado formal, luego hizo una reverencia y le besó la mano—. Buenas noches. Me alegro de que os hayáis unido a nosotros para tomar una copa antes de acostaros.

Cassie retiró la mano rápidamente y lo miró, intentando hacerle saber que su padre interpretaría mal aquel gesto de galantería. Robert sonrió débilmente, su rostro era una máscara imposible de descifrar.

—Oh, yo no diría que es sólo una copa antes de acostarse —dijo MacArthur uniéndose a ellos con su copa llena de whisky y otra de burdeos para Cassie—. Siéntate, Cassandra, tengo noticias de nuestro rey. Una carta que llegó mientras estabas en casa de tu hermana.

Cassie tomó la copa y dio las gracias con un murmullo. Se sentó. Los dos hombres ocuparon también sus sillones.

—Y... —empezó Cassie, sabiendo que la carta

no podía decir nada bueno—, ¿cuáles son esas noticias?

—Debes acompañar a los cartógrafos del rey en su viaje por Lochaber, desde ahora hasta el primero de mayo.

Cassie ya estaba al corriente de aquello. No respondió hasta después de haberle dado un trago a su copa.

—Ya había oído algo al respecto, milord.

—Ya veo —MacArthur dejó su whisky en una mesita que tenía a la izquierda. Luego miró a Robert Gordon—. ¿Podéis contarle a mi hija pequeña el alcance de la orden del rey, joven?

Cassie se puso tensa al ver que su padre no utilizaba el apellido de Robert para dirigirse a él.

Robert debía haberse imaginado que MacArthur dejaría que fuese él quien le explicase a Cassie el plan del rey, pero él no quería hacerlo allí, de un modo tan frío y formal. Respiró profundamente.

—Hablad, cartógrafo —le pidió Cassie—. ¿Qué más desea nuestro rey?

Robert se aclaró la garganta y dejó también su copa de whisky.

—Bueno, milady, para ser breve os diré que el rey supuso que vuestro padre se opondría a sus planes.

—Por no mencionar que yo también me opondría, pero continuad, señor. Estoy ansiosa por oír el resto.

—Sí. Por mi parte —continuó Robert—, quiero que sepáis que yo habría deseado que ya estuvieseis casada cuando llegué a Lochaber.

—Oh, no —murmuró Cassie, sintiéndose traicionada. Robert no la amaba. Había estado fingiendo y le había dado el anillo sólo a cambio de lo que ella le había dado a él.

—Sinceramente, Cassandra, yo siempre he creído que Hamilton y yo no necesitábamos guía. Existen documentos bastante precisos sobre esas montañas, aunque no tanto como el que nosotros esperamos redactar. Lo único que sabíamos de vos era vuestra legendaria reputación...

—¡Soltadlo ya, hombre! —lo interrumpió bruscamente MacArthur—. El caso es, hija, que mis objeciones a la petición del rey quedan anuladas con la orden de casaros con el cartógrafo que me parezca menos ofensivo de los dos. Me dan carta blanca para casar a mi hija con unas familias de las que no me fío y con las que no he tenido ninguna alianza en el pasado que pueda asegurar tu protección. Evidentemente, yo me he negado a aceptar esas condiciones. Tengo otros planes para ti y tendremos que llevarlos a cabo mucho antes del primero de mayo para solucionar todo esto.

—¿Qué? —exclamó Cassie volviéndose a mirar a su padre.

—Ya me has oído. Las condiciones del rey son

inaceptables. Te casarás con Douglas Cameron en cuanto él pueda venir para asistir a la ceremonia.

—Cómo te atreves...

—¡No! —exclamó su padre, acallando la protesta de su hija—. Mientras yo esté vivo para evitarlo, Cassandra, nunca te casarás con un Gordon traidor ni te unirás a una familia de manipuladores como la de los Hamilton.

Una vez dicho aquello, rompió la carta del rey en dos y echó los trozos al fuego.

—¿Es ésa vuestra última palabra, señor? —preguntó Robert tranquilamente.

—Sí —contestó MacArthur poniéndose en pie.

Cassie, que sintió que el desastre se cernía sobre ella, se puso también de pie.

Robert terminó su whisky, dejó la copa y se levantó, de pronto, ya no parecía tan tranquilo. Se quedó justo delante de MacArthur. Medían más o menos lo mismo, pero Robert tenía un cuerpo joven. Cassie sintió que se le caía el corazón a los pies.

—Tenéis un cuarto de hora para marcharos de mi casa, señor —declaró MacArthur.

Cassie se volvió hacia él y rompió un juramento que había hecho hacía diez años, llamar al hombre que la había concebido por su título:

—Padre, ¡no podéis hacer eso! Hay tormenta en las montañas.

John MacArthur se puso tenso al oír a su hija pequeña llamándolo padre por primera vez en una década.

Robert agarró a Cassie por el hombro y la hizo callar. Luego se giró hacia su padre, se inclinó ante él y respondió fríamente:

—Que así sea —se dio la vuelta y salió con la cabeza bien alta de la habitación.

—Dios mío, MacArthur, ¡no sabes lo que has hecho! —explotó Cassie—. El rey quiere acabar con todos nosotros.

—Sé muy bien lo que he hecho —dijo su padre agarrándola por el brazo e impidiéndola que corriese detrás del guerrero Gordon—. Te he librado de una vida llena de infelicidad. Douglas Cameron es el hombre más adecuado para ti.

Aunque lo que más le importaba era evitar que Cassie siguiese al que podría convertirse en su amante. Durante la cena había visto cómo se miraban, se sonreían y se susurraban al oído. Y no estaba dispuesto a consentirlo.

La obligó a sentarse de nuevo, sujetándola hasta que vio que controlaba su ira.

—Te quedarás en este sillón hasta que yo te lo diga, Cassandra, si no, haré lo que debía de haber hecho hace tiempo para terminar con tus insolencias. ¿Entendido?

Cassie lo miró con odio y cerró los puños sobre los brazos del sillón. Incapaz de encontrar las palabras necesarias para hacerlo cambiar de opinión, asintió una vez.

Su padre la soltó y volvió a tomar su copa y beber de ella. Luego se sentó. Lo único que se oía en la habitación era la respiración agitada de Cassie mientras se recuperaba y el crepitar del fuego.

El tiempo pasó muy despacio y ninguno de los dos habló. Su hija debía haberlo hecho, pero MacArthur la conocía lo suficientemente bien para saber que no volvería a hablarle. Cassie era así, se parecía demasiado a él. Era rencorosa.

A MacArthur le parecía lamentable que se hubiese fijado en aquel cartógrafo, aunque no sabía si lo había hecho debido a su heroísmo o si lo que le había gustado había sido el hombre en sí. Le daba lo mismo.

Su obligación era proteger a su hija, y no podría hacerlo si la casaba con un Gordon o un Hamilton.

Después de un interminable silencio, Cassie tomó su copa y se concentró en vaciarla completamente. El vino no consiguió tranquilizarla. Odiaba la decisión que había tomado su padre y no aceptaría las consecuencias. Eso nunca.

—¿Puedo irme ya a la cama? —preguntó—. ¿O voy a tener que dormir aquí?

MacArthur la miró fijamente.

—¿Te quedarás en tu habitación durante el resto de la noche?

—¿Adónde iba a ir si no? —replicó Cassie—. Ahí afuera hay la peor tormenta de todo el año. Y no deseo morir.

—Hija, mírame y dame tu palabra de que te quedarás en tu habitación hasta mañana por la mañana.

—No puedo prometerte eso. En algún momento me tranquilizaré y sentiré la necesidad de ir a hablar de esto con mi madre.

—Tu madre no influirá en mi decisión.

—Nada influye nunca en tus decisiones, señor. Por eso no ha cambiado nuestra relación en los últimos diez años. ¿Me das permiso para marcharme?

—Cassandra... has roto tu promesa hace un momento —MacArthur se ablandó momentáneamente, lamentando la mala relación que había entre ambos y deseando llevarse con su hija como se había llevado antes de que se enfadase con él.

—Ha sido un impulso causado sólo por tu decisión —lo interrumpió Cassie—. Puedes estar seguro de que no volverá a ocurrir.

MacArthur estaba seguro, pero oírlo le enfadó tanto que le tiró la copa a Cassie de un manotazo, haciendo que se rompiese contra la chimenea.

—Márchate, quítate de mi vista antes de que me tientes a hacer lo mismo contigo.

Cassie se marchó con la misma dignidad con la que se había ido Robert, sin mostrarse intimidada por la amenaza de su padre, ni tampoco provocándolo más.

Subió al piso de arriba y entró en su habitación, se desvistió y se aseó. Luego se sentó a escribirle una carta a su madre en la que le explicaba lo que sabía acerca del plan del rey y cómo afectaría eso a Jamie y a su familia en Edimburgo. Luego metió la carta debajo de la almohada.

A las tres de la mañana, cuando todo el castillo estaba dormido, incluido el guardia que vigilaba la portezuela, se marchó siguiendo las huellas de Robert en la nieve.

Catorce

Robert se retiró con orgullo y en silencio del despacho de MacArthur. No había esperado que Cassie se negase a que su padre lo echase con aquella tormenta, de hecho, habría preferido que guardase silencio y que lo dejase defenderse solo. Lo que no había hecho ella era rogarle que se apiadase de él ni descubrir su amor, aquello lo habría avergonzado después de que su padre se hubiese negado a que se casase con él.

En general, el silencio de Cassie le había parecido el resultado de su sorpresa. Estaba seguro de que ella no estaba de acuerdo con la decisión de su padre de violar las normas de hospitalidad de los Highlands. Echar a un invitado de una casa a media noche y con aquel tiempo era un insulto y Robert nunca lo olvidaría ni se lo perdonaría.

Era evidente que los habitantes de los Highlands eran rencorosos, pero eso no significaba que los MacArthur y los Gordon no pudiesen compartir mesa, compartir comida y olvidar su odio y trabajar juntos para luchar contra un enemigo común: Inglaterra. Por naturaleza, los habitantes de los Highlands se habían adaptado y se habían convertido en supervivientes que sabían cómo y cuándo transigir.

Y lo peor que podía hacer el padre de Cassie era prohibirle a ella que hiciese lo que creía que debía hacer. Robert pensó en ello mientras se preparaba para marcharse. Sí, él había utilizado el poder del rey para inducir a Cassie a cooperar haciéndole ver que su resistencia podría poner en peligro la vida de su hermano. Y ella no se lo había contado a su padre.

Robert nunca había pensado utilizar la presencia de Jamie en la corte para convencerla, pero lo había hecho sin querer al temer perderla. Y el resultado había sido inmejorable. Había hecho que Cassie superase la barrera del odio que sentía por su clan. Aquélla era la finalidad del rey.

Aunque el rey no había exigido que nadie se enamorase.

Robert no estaba seguro de cuándo había sucedido eso, pero sabía que no descansaría hasta convertir a Cassandra MacArthur en su esposa. No obstante, en vez de pedir su mano se había marchado de aquel despacho ciego de ira contra el padre de Cassandra.

Nada más darle la espalda a aquel canalla había sabido que debía hacer algo tan heroicamente estúpido como habría hecho alguno de sus antepasados dos siglos antes: raptar a la mujer a la que amaba.

Pero aquello era imposible estando en ese castillo y con las condiciones atmosféricas que había en el exterior. Robert casi rió en voz alta al pensarlo. Cassandra no era una mujer frágil y delicada como las mujeres de antes, que se dejaban aterrorizar y subyugar por la ferocidad de un acalorado caballero. Cassie participaría en su propio secuestro y él tendría en sus manos a una mujer dura y luchadora, no a la encantadora muchacha con la que quería compartir el resto de su vida.

En aquellos momentos lo único que podía hacer era marcharse de allí antes de que la tensión lo llevase a enfrentarse a MacArthur con la espada y alguno de los dos acabase muerto. Por mucho que lo provocase el padre de Cassie, no quería mancharse las manos con su sangre.

Otra cosa que lo incomodaba mientras bajaba de

su habitación y se disponía a dejar el castillo, era la rapidez con la que corrían las noticias. O todo el mundo en Achanshiel sabía de antemano cuáles eran las intenciones de su señor, o su orden de que abandonase el castillo había corrido de boca en boca en cuestión de minutos.

Lady MacArthur lo interceptó en el salón principal y le pidió que la acompañase a la cocina del castillo. Allí, encima de la gran mesa de roble, había todo lo necesario para enfrentarse a la tormenta. Le ordenó que se llevase comida, ropa de abrigo, botas y una lona impermeabilizada, si no lo hacía, no lo dejaría marcharse.

—Milady, no puedo llevarme todo esto —protestó Robert. El peso sólo dificultaría su búsqueda de un lugar donde refugiarse para pasar la noche.

—Lord Gordon, os ruego que me deis un momento para tranquilizarme —contestó ella. Con manos temblorosas se sacó un pañuelo de la manga y se sonó la nariz.

Luego suspiró profundamente y empezó a explicarse de nuevo.

—Esta noche, justo después de levantarnos de la mesa, he tenido una horrible conversación con Cassandra. Y ahora, esto. Sé cuáles son las motivaciones de mi hija, y las entiendo... demasiado bien. Saldrá detrás de vos antes de que queráis daros cuenta... con este tiempo.

Robert pensó que la señora de la casa era muy inteligente.

—Yo le diré que vuelva.

—No volverá. Se irá a una cueva o a una cabaña que tiene en las montañas. Lleva haciéndolo desde que tiene ocho años. En el pasado, Angus y su joven sobrino, Alastair, la encontraban y la convencían para que volviese. Lo hemos intentado todo para que deje un comportamiento que empezó el día que mi marido repudió al hermano de Cassie y le echó de Achanshiel para siempre.

Hizo una pausa antes de continuar:

—Cassie no cedió ni siquiera después de que padre e hijo resolviesen sus diferencias. Nada de lo que ha dicho o hecho mi marido durante estos años la ha hecho cambiar de comportamiento. Y se ha vuelto tan testaruda y se ha enfrentado tantas veces a su padre que mi marido cree que no teme a ningún hombre. A nosotros cada vez nos quedan menos años de vida y lord MacArthur todavía no ha casado a su hija más joven y querida. El incierto futuro de Cassie lo consume día y noche. Creedme si os digo que os echa del castillo por el bien de Cassie. Cuando mejore el tiempo, vendrá un invitado que se casará con ella. Cassie ya lo conoce bien, es un Cameron que la reconfortó mucho tras la muerte de Alastair. Pero cuando se vaya hoy, no volverá nunca a casa.

—Sí, volverá —respondió Robert poniéndole una mano en el brazo para tranquilizarla—. Yo la enviaré de vuelta si se atreve a seguirme.

—Habláis en vano, señor —dijo ella negando con la cabeza—. Soñé con este momento incluso años antes de que Cassie naciese. Y ha llegado, tal y como me temía. Cassandra no volverá hasta que no se la acepté a pesar de haberse casado con el enemigo. Yo he visto la verdad en sus ojos y en los vuestros. Tomad lo que os ofrezco. Mi hija se marchará de casa sin nada, y no puedo permitir que vos os vayáis también con las manos vacías.

Las cosas que había encima de la mesa eran como la dote de un hombre pobre y ambos lo sabían. Robert se vio tentado a rechazarlas, pero pensó que la ropa de abrigo le vendría bien. No sabía lo que Cassandra iba a hacer, ni con qué ropa.

Si su madre se equivocaba, dejaría lo que le sobrase en las montañas. Aquella noche no iría muy lejos, lo más probable era que volviese al desfiladero de Glencoe, hasta que alcanzase al grupo de rescate que iba a bajar a Angus, o encontrase la cueva de Chattering Otters. Luego Alex y él volverían a viajar solos de nuevo.

—Quedaos tranquila, lady MacArthur —le dijo finalmente Robert, esperando sinceramente poder reparar al menos parte del daño que le había hecho a su familia—. Haré todo lo que esté en mi mano para hacerla volver y para que se case con Cameron... si ella quiere.

—Sí, ya sé que haréis todo lo posible.

Al llegar a la portezuela buscó con la vista el primer pinar que se encontraba más allá del río, allí podría refugiarse. La tormenta se había convertido en un aguanieve cegador. Intentó tomar el camino más directo y tardó casi una hora en llegar a los robles y espinos que se doblaban y crujían bajo una capa de hielo.

Allí encontró un buen palo en el que apoyarse. El viento no menguó hasta que hubo llegado al pinar. Entre los árboles podría construirse un primitivo refugio con las dos lonas que le había dado lady MacArthur. Quitó la nieve del suelo e hizo un pequeño fuego. Una vez hecho aquello, esperó y observó la puerta del castillo mientras alimentaba el fuego.

Se mantuvo activo levantando el campamento justo cuando la tormenta más arreciaba. Eran más de las dos cuando el viento dejó de soplar y el aguanieve se convirtió en simple nieve.

Luego se sentó a ver cómo ardía el fuego y pensó en cada vez que había visto a Cassandra. Tenía su aspecto gravado en la mente. Nunca se había vestido dos veces como si fuese la misma persona.

Sacó el catalejo y lo dirigió al castillo. No tardó en ver salir a Cassie por la portezuela, acompañada por un perro. Vestía unos pantalones de tela escocesa y se cubría con una lujosa capa forrada de piel. También llevaba botas altas.

El catalejo le permitió ver unos detalles que sus ojos por sí solos jamás habrían visto. En general, que parecía más un chico que nunca, le pareció adorable, avanzando lentamente entre los bancos de nieve y siguiendo el mismo camino que había seguido él.

Robert no tardó en oír ladrar al perro entre los montones de nieve que había al borde de los pinos, buscando un olor que acababa de perder. Luego volvió a reconocer el olor de Robert y ladró para señalárselo a Cassie, que avanzó despacio hacia su campamento.

Robert la perdió de vista un momento, mientras que cruzaba un camino que había por debajo de la línea de los pinos, y se puso tenso. Pero pronto apareció de nuevo ante su vista para no volver a desaparecer.

Ella también llevaba algo en la mano para ayudarse a guardar el equilibrio. Robert esperó a levantarse hasta que Cassie hubo atravesado la barrera de los primeros pinos. Su pequeña fogata había dejado de echar humo y se había quedado reducida a brasas que daban muy poca luz. Dio un paso atrás, hasta la pared de hielo de su refugio, con el corazón latiéndole a toda velocidad, y esperó.

El perro, llamado Shep, corrió al lado de Cassie mientras ella se sacudía la nieve de la cabeza, los hombros y el dobladillo de la capa. El animal ladró al ver a Robert entre las sombras de los árboles y se quedó al lado de su ama para protegerla si era necesario.

—Pensé que te encontraría lo suficientemente cerca del castillo como para poder vigilar su puerta como un depredador —dijo Cassie.

Aquel saludo dejaba mucho que desear. No había en él el cariño que Robert se había acostumbrado a ver en su boca y en sus ojos. Su rostro llevaba la misma máscara desafiante que utilizaba su padre. De tal palo, tal astilla.

Cassandra MacArthur no podía negar que era hija de su padre. Y pobre de aquél que los contrariase. A Robert no le alegró darse cuenta de que se encontraba entre el padre y la hija; y decidió oponerse a Cassie hasta el final. Había decidido que el plan de lady MacArthur era el más sensato. Robert le diría que volviese a su casa esa misma noche.

—¿Qué haces aquí? —le preguntó.

Al oírlo, el perro enderezó de nuevo las orejas y gruñó amenazadoramente.

Aquélla tampoco era la bienvenida que Cassie había esperado.

Robert Gordon no hizo ningún movimiento para abrir los brazos y recibirla. Siguió con ellos cruzados. Cassie chasqueó los dedos sin quitarse los guantes y el perro se quedo quieto a su lado.

—Tenemos pendientes algunos temas que debemos tratar —dijo Cassie premiando la obediencia del perro con una palmadita en la cabeza, luego miró a Robert a la cara—. ¿Puedo entrar en tu refugio? Me parece que se está mucho más caliente que aquí fuera.

—¿Qué harás si te digo que no? —le preguntó él.

—¿Acaso eres un cobarde? —replicó ella bruscamente—. Los MacArthur ladran, pero no muerden.

—Ambas cosas me parecen igual de repugnantes.

—Sí, aunque ya te lo había advertido. Siempre es así. Lo has visto completamente autocrático.

—Estupendo. Ahora que ya me has dicho lo que tenías que decirme, date media vuelta y vete a tu casa. No te quiero aquí.

—¡Ni soñarlo! —soltó ella, luego chasqueó los dedos y el perro entró inmediatamente en el refugio, colocándose al lado del fuego. Cassie agachó la cabeza y entró también. Se quitó la capucha y se tapó con la capa. Después se sentó en el suelo—. He traído whisky. ¿Tienes sed?

Sacó una botella llena de un líquido color ámbar de entre la capa y le quitó el corcho con los dientes. Luego se llevó la botella a los labios y le dio un buen trago.

Consternado, Robert le dio la vuelta a la hoguera y le arrebató la botella de la mano.

—¿Qué has venido a hacer aquí, a emborracharte como un terrateniente, Cassandra MacArthur?

Ella se limpió los labios y la barbilla con la mano y luego sacudió las gotas que habían caído sobre la capa.

—Eso ha sido muy zafio por tu parte, no hacía falta que me la quitases así, te había ofrecido.

Furioso, Robert tiró la botella encima de un montón de nieve y levantó a Cassandra.

—¡Ni siquiera conoces el significado de zafio! ¿Cómo te atreves a venir aquí con este tiempo, siguiéndome como una mujerzuela?

—¡No soy ninguna mujerzuela! —contestó ella gritando también—. He traído el whisky para calentarme, maldito loco. ¡Habría traído sopa si hubiese podido!

—Sí, o también habrías podido quedarte donde estabas, ¿acaso eso no se te pasó por la cabeza, lady Quickfoot?

—¡Tonterías! No tienes derecho a darme lecciones acerca de lo que debería o no debería hacer, cartógrafo.

—No sigas por ahí, muchacha. Tu padre enviará a todos sus hombres a buscarte en cuanto se dé cuenta de tu ausencia. Y yo no podré hacer mi trabajo en este condado si me persiguen con sed de sangre en sus corazones.

—Pues yo no pienso pasar el resto de mis días sintiéndome culpable por haber permitido que cuelguen a mi hermano por traidor porque mi familia no ha obedecido una orden del rey. Estoy aquí para hacer lo que ha ordenado el rey, lo haré y se me recompensará con la libertad de mi hermano, si no, los MacArthur de Achanshiel te perseguirán hasta hacerte arder en el infierno para el resto de tus días.

—¡Cállate, Cassandra! —exclamó Robert sacudiéndola con fuerza para hacerla entrar en razón—. Vas a volver al castillo, aunque tenga que llevarte yo a rastras.

El perro ladró y eso hizo que ambos se calmasen.

—Suéltame, Robert, o haré que mi perro te ataque.

—Pues lo mataré. Eso no cambiará nada. No quiero que estés conmigo. ¿Acaso no lo entiendes?

Cassie chasqueó los dedos una vez y el perro dejó de gruñir.

—Me parece que te estás pasando de prepotente, cartógrafo, pensando que he venido tras de ti como una perra en celo. Tengo el suficiente conocimiento como para no hacer algo así por ningún hombre.

Robert le soltó los brazos y Cassie se apartó todo lo que pudo de él. Volvió a sentarse en el suelo, apoyando la espalda en la pared de lona.

Shep se tumbó a su lado, apoyó la cabeza en su rodilla y miró fijamente a Robert.

Más tranquila, Cassie observó cómo el cartógrafo

se pasaba la mano por el pelo antes de volver a hablarle. También se frotó la cara antes de volver a bajar la mano.

—Escúchame, Cassandra. No puedes pasar la noche aquí conmigo. Si hicieses algo tan estúpido, estarías arruinando tu vida para siempre. Ningún hombre decente querría casarse contigo después.

—¿A eso se debe este arrebato? —preguntó Cassie en voz baja.

—Ya sabes que sí.

—¿Por qué?

—Lo sabes perfectamente. ¡Porque no podré mantener las manos alejadas de ti! Te deseo, pero tienes que darme tiempo para solucionar las cosas a mi manera, tiempo para que tu padre acepte nuestra unión.

—En estos momentos, el matrimonio es lo que menos me preocupa.

—Nunca había oído una respuesta así.

—Pues vete acostumbrando —soltó Cassie sin dejar de sonreír—. A nadie parece importarle por qué los hombres que ha enviado mi padre a rescatar a mi criado tardan tanto en volver de las montañas. Voy a subir a la cueva a ver qué pasa. Así que, en cualquier caso, no volveré al castillo.

—Claro que vas a volver —replicó él obstinadamente—. Cassandra, ¿por qué no me contaste que había un hombre esperando a que volvieses a casa para casarse contigo?

—¿Y por qué no me contaste tú que podía elegir entre casarme contigo y con Alex Hamilton?

—¿Por qué iba a hacerlo, si ni siquiera te paraste a mirar dos veces a Alex?

—¿A qué estamos jugando, a hacer preguntas? Aquí va una buena. ¿Por qué me diste tu anillo?

—¿Crees que lo habría hecho si me hubieses dicho que otro hombre ya había pedido tu mano?

—Tal vez él haya pedido mi mano, pero yo no he firmado ningún acuerdo con nadie. ¿Conoces a Douglas Cameron? —preguntó Cassie con los ojos brillantes.

—No, y será mejor que no lo conozca si quiere llegar a viejo.

—Eso no le será difícil. Tendrá cincuenta años antes de que yo cumpla veinticinco. Aunque no creo que yo viva tanto si me caso con él. Ya ha enterrado a tres esposas y ha engendrado a una docena de mocosos, sin contar con los que han muerto. ¿No quieres luchar por mí, Robert? ¿No valgo tanto para ti?

Él no podía contestar a esa pregunta, pero su mirada se ablandó por primera vez, dejando entrever un dolor que su estoico rostro y sus bruscos modales ocultaban.

—No sé qué será lo siguiente que hagas, lady Quickfoot. Eres impredecible y volátil. No has aprendido a controlar tu temperamento ni a ceder ante un hombre. Tan pronto te estás ahogando en el fondo de un estanque donde no tenías que haber estado patinando, ni arriesgando la vida de dos niños, como amenazas con entregar tu vida al diablo. Sí, sé que serías una buena amante, ¿pero en qué clase de esposa y madre te convertirías? Y sí, podría luchar por ti, porque te quiero más que a mi propia vida. Me gustaría que me dijeses la verdad, Quickfoot.

Entonces, Cassie le dijo la mayor mentira que había dicho hasta entonces, tragó saliva y retrocedió mientras se quitaba un guante.

—Creo que no tenemos más que hablar, Robert Gordon.

Afortunadamente, las lágrimas no acudieron a sus ojos. Tampoco lloró mientras se desataba la cinta de la que llevaba colgado el sello que él le había dado y se lo tendía, para que Robert se acercase y lo tomase.

—¿Por qué no me dijiste la verdad, Cassie? ¿Por qué has venido esta noche y me has mentido si sabías que acabarías dejándome por otro hombre? No deberíamos haber hecho el amor.

Ella sacudió la cabeza.

—Yo nunca me arrepentiré, Robert. ¿Cómo esperabas que te dijese algo que ni siquiera yo sabía?

—Claro que lo sabías. Tú madre me confesó que te lo había dicho después de la cena. Después viniste a verme, para privar a ese hombre del derecho a desvirgarte. Lo hiciste a propósito.

—No, te equivocas, Robert. Me quedé contigo porque pensaba que te quería. Y si alguien tiene derecho sobre mi doncellez soy yo misma, ni tú, ni Cameron. Soy yo la que debe elegir a quién entregarle mi virtud y con quién quiero casarme. Yo escogí, y tú también has escogido. Adiós, Robert, que Dios te guarde.

Cassie dio un paso adelante y le puso el anillo en la mano. Después le silbó al perro y salió del refugio de Robert, apartándose de él y del castillo. Él se quedó allí, viéndola marchar, con el anillo en el puño.

Si Cassie no iba a casa, ¿adónde iba? Sus vidas estaban unidas para siempre, hasta que la muerte los separase. Aquél no podía ser el final. ¿Cómo iba a volver a encontrarla? ¿Y si le pasaba algo y necesitaba ayuda y él no estaba allí para dársela? ¿Y si no podía vivir sin ella?

Quince

La última vez que Cassie había mirado por encima de su hombro había visto a Robert echando nieve encima de la hoguera, apagándola. Estaba levantando el campamento. Suspiró, tal vez hubiese decidido ir detrás de ella.

No estaba segura de si eso le gustaba o le aterraba. De lo único que estaba segura era de que todo su mundo se había desbaratado desde que él había llegado a la granja Glencoen. Luego pensó en Angus, estaba preocupada por haberlo dejado en manos de otros. Robert podía cuidar de sí mismo, y ella también. Su vida había estado bien sin él.

Había avanzado al menos una milla por la carretera de Oban cuando el ruido de las botas de Robert le hizo saber que estaba cerca. Shep había ladrado dos veces y se había vuelto hacia atrás y ella se había imaginado que Robert había ido acortando distancias. No obstante, no se giró ni dijo nada.

Poco después, Robert llegó a su lado. Estuvo callado durante un buen rato. Shep le ladró y se detuvo a olerle las botas, luego volvió a adelantarse con las orejas levantadas, alerta.

—¿Adónde vas, Cassandra? —preguntó finalmente.

Ella señaló hacia delante, a la carretera que rodeaba la montaña.

—Hay una especie de ensenada más arriba. Un nicho en la roca en el que no da el aire. Es un buen lugar para esperar a Alex Hamilton y a los hombres que fueron a buscar a Angus y a Dorcas, si quieres quedarte ahí. Yo esperaré a comprobar que Angus está bien y luego iré a la cabaña que tengo en la cara sur del Ben Nevis. De hecho, ésa sería una buena base para vuestro trabajo. Está bien situada y tiene bastante espacio, además de un establo para los caballos y el material. Iba a ofrecértelo, aunque supongo que ya no quieres mi ayuda.

—Eso depende.

—Si lo que te preocupa son las convenciones, puedo pedirle a Dorcas que nos acompañe.

—Tengo otros planes —la idea de pasar un mes o más viendo a la sirvienta de Cassandra todas las noches le apetecía tanto como que le sacasen una muela.

No obstante, no dijo nada más. No quería aceptar su ofrecimiento hasta que no lo hubiese hablado con Alex, aunque no le parecía mala idea tenerlo todo por una vez en su vida: tranquilidad doméstica, una mujer guapa calentándole la cama todas las noches, comida todos los días y buenos amigos con los que charlar por la noche.

La tentación le hizo guardar silencio, ya que sabía que debía haber rechazado su plan inmediatamente.

—Pareces cansado —comentó Cassie—. Cuando lleguemos a la ensenada, deberías tumbarte e intentar dormir.

Robert intentó ver los signos del cansancio en el rostro de Cassie, pero no los encontró. Eso le hizo darse cuenta de lo mucho que se parecía a él. Le gustaba estar al aire libre. ¿Qué iba a hacer con ella?

Lo cierto era que no quería deshacerse de ella. Estaba hecho un lío. Era cierto que los planes que sus padres tenían para Cassandra eran los más adecuados, pero él no podía obligarla a cumplirlos. ¿Cómo iba a hacerlo, si ya la quería tanto que le dolía el corazón sólo de pensar que podía perderla para siempre?

Siguió andando en silencio, sin notar el peso que

llevaba a la espalda salvo cuando sus hombros se movían para acomodarlo. Su mente seguía luchando por decidir qué debía hacer y qué quería hacer. Lo que debía hacer era llevar a Cassie con sus padres. Pero lo que quería era tumbarla en el siguiente pinar y hacerle el amor hasta que ambos estuviesen saciados.

Torcieron la curva y apareció la ensenada a su izquierda, un boquete en la roca de la montaña. Un poco más adelante se dividía en dos la carretera y en un mojón había un cartel descolorido. Al norte estaba Caul, al sur, a cincuenta millas, Oban.

—¿Quién ha puesto ahí esa señal?

—¿Por qué? Está bien. Caul está al norte y Oban al sur —comentó Cassie.

—La distancia no puede estar bien. Alex y yo medimos la costa oeste del lago Linnhe el pasado otoño —dijo señalando el enorme lago que se extendía delante de ellos—. Hay un error de cinco o seis millas en la distancia.

Cassie se encogió de hombros.

—Cinco o seis millas no cambian nada en esta zona. Discúlpame, pero tengo que ir al bosque un momento.

—Sí —Robert miró hacia los pinos y los robles cubiertos de hielo, cuyas ramas casi tocaban el suelo cubierto de nieve. Si miraba hacia delante y hacia atrás podía ver los dos extremos del cañón—. Llévate a Shep y no te alejes demasiado.

—¿Acaso te importaría si no volviese?

Robert la miró fijamente a los ojos antes de asentir y decir:

—Sí, me importaría mucho. No te escapes, Cassie. Si te quedas a mi lado, tal vez podamos encontrar la mejor solución para ambos.

—La cuestión es cuál es para ti la mejor solución, Robert. ¿Qué yo me case con Douglas, el jefe del clan Cameron? ¿Seguir tú midiendo Escocia durante los próximos treinta años?

Él no movió el lápiz que había apoyado en su libreta. La miró con los ojos entrecerrados, de un modo muy penetrante.

—Que estemos juntos, si es posible, pero no me obligues a actuar de un modo temerario, Cassandra. No me gusta correr riesgos innecesarios. Ni tampoco estaba en posición de exigirle nada a tu padre en su despacho. Si lo hubiese hecho, ahora mismo estaría helándome en un calabozo, y lo sabes. Ya tengo bastante con saber que te he comprometido y cuáles serán las consecuencias. Muchas doncellas de los Highlands se han quedado embarazadas la misma noche de su boda con un Gordon.

Cassie inclinó la cabeza y frunció el ceño.

—Ya lo sé —dijo, aunque no lo había pensado—. ¿Crees que es posible que esté embarazada, Robert?

—Espero que no, por el bien de ambos. Ésa es la

razón por la que no debías haber venido detrás de mí.

—¿Porque no querrías al bebé? —preguntó ella, necesitaba saber cuáles eran las verdaderas intenciones de Robert.

—No, por supuesto que lo querría, fuese niño o niña. Pero yo no quería hacer un bebé. Ésa es la diferencia, Cassie. ¿Lo entiendes?

—No del todo.

—Ve a hacer lo que querías hacer. No te quedes aquí mirándome con ojos de cordero degollado, haces que me entren ganas de abrazarte y besarte hasta quedar cegado por la pasión. Estoy intentando hacer lo que tengo que hacer, pero me estás distrayendo.

—¿Por qué no te limitas a decirme que no me deseas?

—Porque sí te deseo. No puedo mirarte y no desearte. Por eso estoy controlándome, por el bien de los dos, ya que tú no lo haces.

—¿Por qué no continúas y me dices que me he equivocado marchándome de la casa de MacArthur?

—Él no es MacArthur para ti, Cassie. Es tu padre, y le debes respeto, amor y obediencia. A mí me parece que él ha intentado hacer lo que piensa que es mejor para ti. Si fueses mi esposa, yo no te permitiría que te marchases de mi casa cada vez que quisieras molestarme. Me parece algo muy infantil, deberías haber dejado de hacerlo hace diez años.

—No tienes ni idea de por qué lo hago. Y no deberías juzgarme sin saberlo. Yo no te juzgo a ti.

—Me juzgaste la primera vez que me viste, no lo niegues. Te dejaste llevar por el odio entre los clanes, por la guerra y la muerte de tu Alastair. ¿No crees que tu padre también merece la misma consideración por tu parte?

—Intento entenderlo, pero es imposible.

—Tenéis que hablar el uno con el otro, Cassie. ¿Le has preguntado alguna vez por qué quiere casarte con un Cameron?

—No. Sería como intentar hablar con una pared.

—Bueno, pues hay un motivo por el que tomó esa decisión. Y necesitará que tú le des otro motivo para cambiar de opinión.

—Lo pensaré —asintió Cassie. Luego se excusó y fue hacia el bosque.

Robert suspiró, sorprendido de que Cassie no se hubiese enfadado con sus críticas. Luego miró hacia el cielo. Lo peor de la tormenta había pasado ya, y el cielo empezaba a abrirse hacia el norte. No se veía la luna, pero la nieve aliviaba la oscuridad en cierto modo.

Tampoco se veía el valle escondido desde aquel lugar. El Ben Nevis parecía haberse doblado por la base y haber destruido la cañada que Robert sabía que había detrás de él. Lo único que veía a lo lejos era un manto de magníficos pinos. No le extrañaba que aquel lugar se llamase Achanshiel, la cañada oculta.

Cassie y su perro aparecieron a doscientas yardas de donde estaba él. Cassie se agachó y sacudió el brazo furiosamente, haciéndole gestos para que estuviese callado. Preocupado, Robert se acercó a ella. Vio que le había tapado la boca al perro para que no ladrase.

—¿Qué pasa? —susurró Robert agachándose a su lado y mirando entre los árboles.

—Ladrones de ganado —murmuró señalando por encima de su hombro con el pulgar—. Tienen bastante ganado y rehenes. Me ha parecido ver a Alex... y a Dorcas, atados a los árboles.

—¿Dorcas? —preguntó en voz baja sorprendido.

Cassie estaba muy pálida. Shep gruñó y gimió, quería que lo soltasen.

—Espera aquí —dijo Robert quitándose el fardo que llevaba a la espalda—. ¿Cuántos son?

—Cinco o seis durmiendo. Y uno despierto, vigilando.

—¿Y los hombres de tu padre?

—Seis, siete con Angus. Están amordazados y atados a los árboles.

—Está bien. Quédate aquí y haz que el perro esté callado.

Cassie asintió. Se sentó casi encima de Shep para sujetarlo mientras Robert desaparecía en el bosque.

Estaba tan absorta en su tarea de controlar al animal que casi no oyó el aterrador grito de guerra y el choque de las espadas.

Ya no tenía sentido seguir sujetando al perro.

—Ve —dijo Cassie soltando a Shep, que no corrió hacia donde había ido Robert, sino de vuelta a Achanshiel, ladrando sin parar.

—¡Eres un cobarde! —le dijo Cassie.

Dos horribles gritos y el chillido de una mujer hicieron que dejase de pensar en el perro. Corrió a ayudar a Robert, desenvainando su daga, y se encontró con dos perros que doblaban la curva corriendo. Eran los sabuesos de su padre.

—¡Dios santo! —Cassie sabía que detrás de aquellos perros irían su padre y todos sus esbirros, montados a caballo.

Esperó a que el grupo la viese, luego se dio la vuelta y los condujo hasta la escena de la batalla, que tenía lugar en un claro del bosque.

Enseguida se unieron a los sonidos de la pelea los de los cascos de los caballos. Cassie no sabía cuántos hombres había, pero corrió hacia delante. Si no se hubiese apoyado detrás de un árbol antes de que los perros y los caballos llegasen adonde estaba, la habrían aplastado.

Vio un roble que estaba lejos de donde estaban atados los hombres de su padre e intentó trepar a él, aunque se resbalaba con el hielo. Quería subir lo suficientemente alto antes de que los perros llegasen al claro.

El sonido de su llegada detuvo casi instantáneamente el combate, y los ladrones se volvieron a ver quién era. Robert atravesó a uno de ellos con la espada cuando bajó la guardia. El hombre gritó y cayó sobre otros cuatro cuerpos.

Para horror de Cassie, los perros se dirigieron hasta donde estaba su presa: Robert Gordon.

—¡Robert! —gritó Cassie—. ¡Ten cuidado con los perros! ¡Han venido siguiendo tu olor!

La llegada de los animales hizo que la batalla se volviese en contra de Robert. Defendió su vida a pesar de que los otros lo superaban en número, eran cuatro contra uno, y de que lo perros pululaban a su alrededor. El grupo de perros enloqueció al pisotear los cuerpos tendidos en el suelo. Y los hombres dejaron de luchar. Cualquiera que oliese a sangre y se moviese se convertía en el objetivo de su ataque.

Robert fue el único que tuvo el sentido común de bajar la espada y quedarse quieto mientras Shep ladraba de alegría al reconocerlo.

—¡Detened vuestras armas! —rugió MacArthur bajando de su montura con la espada en la mano—. ¡Reuníos todos!

Uno de sus hombres llamó a los perros y otros rodearon el que había sido el campo de batalla para que no escapase ninguno de los ladrones. También desataron a los rehenes. De los árboles cayeron grandes cantidades de nieve.

Cassie no pudo seguir agarrándose a la resbaladiza rama en la que estaba subida. La rama cedió y se rompió en dos. Ella cayó al suelo de espaldas.

—¿De dónde sales, muchacha? —le preguntó su padre agarrándola del brazo y ayudándola a ponerse en pie. Lo hizo con cariño. Luego la metió en el medio del grupo y empezó a organizar a sus hombres y a separarlos de los atacantes.

Los robustos escaladores a los que había enviado a las montañas a rescatar a Angus parecían avergonzados.

—Todo había ido bien, milord —anunció el que había liderado el grupo—, hasta que llegamos a la carretera. Los ladrones salieron del bosque como de un avispero.

—¿Os tendieron una emboscada?

—Sí, aparecieron por todas partes. No esperábamos encontrárnoslos en nuestras propias tierras.

Otro hombre habló también:

—El joven Hamilton luchó como un demonio, MacArthur. Es un buen hombre.

—¿Cuántos estáis heridos?

—Dorcas nos curó antes de que la atasen a ella también. Sobreviviremos. ¿Quién es el loco que llegó solo y se enfrentó a todos ellos? —preguntó un hombre.

—Pensé que le iban a hacer trizas justo antes de que llegaseis. Que Dios os guarde, MacArthur —comentó otro.

Cassie intentó ver a Robert. Su padre la tenía agarrada y no podía moverse de donde estaba. Tuvo que esperar a que MacArthur fuese adonde estaba Angus, que les contó que él también se había defendido.

—Le clavé mi daga a uno de esos bastardos antes de que me atasen a un árbol —les contó.

—¿Qué tal tu corazón? —quiso saber Cassie, que se arrodilló a su lado.

—No fue mi corazón lo que falló. Me temo que fue un derrame, pero sigo vivo —y lo demostró moviendo el brazo derecho.

Dorcas también había aguantado casi tan bien como Angus. Estaba más cansada y sucia de lo que Cassie la había visto nunca, pero se había enfrentado a los atacantes como habría hecho cualquier otra mujer de los Highlands.

—No querían nuestra sangre —le contó a Cassie antes de irse a vender a alguno de los hombres—. Sólo quieren ganado para alimentar a sus familias.

MacArthur terminó de explicarle a su hija cómo funcionaban:

—Ocasionalmente roban caballos y todo lo que lleven los viajeros incautos. Yo me encargaré de ellos en el castillo.

Cassie no se molestó en recordarle que sus propios hombres también robaban, sobre todo los jóvenes. MacArthur lo sabía tan bien como ella.

Pensó que su padre era muy perverso, al dejar a Robert para el final. No lo había vuelto a ver desde que había bajado la espada, y estaba muy preocupada.

El grupo que había alrededor de su padre se separó y pudo ver por fin a Robert y a Alex, sentados el uno al lado del otro encima de una rama. Dorcas estaba vendándole la pierna izquierda a Alex con la tela de sus propias enaguas.

—MacArthur —Cassie intentó zafarse de la mano de su padre—. ¡Suéltame! Dorcas necesita ayuda para curar las heridas de los cartógrafos.

MacArthur la miró y gruñó:

—No vas a apartarte de mi lado bajo ningún concepto, ¿entendido?

—Me estás haciendo daño en el brazo.

—Sí, y todavía te voy a hacer más. Estoy cansado de que te escapes cada vez que te doy la espalda. No volverás a hacerlo. Te lo prometo, aquí, delante de Dios y de toda esta gente. Si vuelves a interrumpir mi trabajo te azotaré sólo por el placer de ahuyentar los demonios que hay en ti. ¡Cállate y estate quieta!

Y eso fue lo que hizo a partir de entonces.

Robert siguió en silencio. MacArthur se dirigió hasta él y Cassie lo siguió.

—Gordon, parece ser que vuelvo a estar en deuda con vos. Y eso me gusta tan poco como me gustaba la vez anterior. Según me han dicho todos mis hombres, si no hubiese sido por vuestro amigo Hamilton y por vos, siete de mis hombres y una mujer habrían muerto. Gracias a ambos. Podéis medir Lochaber todo lo que queráis y mis hombres os ayudarán en lo que puedan.

Al oír aquello, Cassie se echó hacia delante, estaba deseando abrazar a Robert, pero su padre la mantuvo en su sitio. Ella no se quejó.

MacArthur se aclaró la garganta.

—Mi casa está abierta a los dos y os proporcionaré a mis mejores guías, pero no a mi hija.

Robert y Alex se miraron, después miraron a MacArthur y sonrieron. Robert se apartó el pelo de los ojos y tendió su mano.

—Gracias, señor. Ni siquiera el rey le pediría más.

—Claro que me ha pedido más, el muy loco, pero ya hablaré de eso con él la próxima vez que lo vea. Ocupaos de vuestros caballos y de vuestro material. Y volvamos todos al castillo cuanto antes.

Cassie se sentía al mismo tiempo aliviada e irritada. Su padre no tenía derecho a gritarle como si fuese un perro, ni a tratarla con tan poco respeto. ¿Tenía ella también que matar a cuatro bandidos para conseguir su admiración?

Sabía que Robert no podría liberarla de su padre,

así que no lo culpó por no intentarlo. Bueno, en cierto modo, sí lo culpó, pero sabía que estaba pidiendo algo imposible.

Su padre había salido de casa con veinte de sus mejores hombres para perseguirlos sólo a ellos dos. Cassie no quería que hiciesen daño a Robert, así que no volvió a intentar acercase a él, ni siquiera mientras volvían al valle escondido en silencio.

Dejó de mostrarse dócil al ver que ya estaban en el salón principal del castillo y su padre todavía no le había soltado el brazo. Cuando iban por el cuarto piso, quedó claro que su padre quería mantenerla alejada de Robert.

Cassie se temió que su padre la estuviese llevando hasta el lugar donde habían hecho el amor. ¿Acaso habría habido algún testigo? ¿Habría dejado ella alguna prueba de que había perdido su virginidad? ¿Sangre o ropa olvidada?

No obstante, enseguida se dio cuenta de cuáles eran las intenciones de MacArthur al ver que un criado llegaba con unas llaves e intentaba abrir la puerta del torreón sur. Ya era demasiado tarde para luchar por su libertad, pero lo intentó.

Su madre y el resto de la gente del castillo que se había despertado parecían ignorar el verdadero propósito de MacArthur, pero Cassie sabía cuál era. El muy cretino iba a encerrarla en aquella maldita torre.

La metió dentro y le cerró la puerta en las narices, luego echó el cerrojo y la llave, y tiró ésa por la aspillera ante sus propios ojos. Cassie se agarró a los gruesos barrotes de hierro y sacudió la puerta, que no se movió ni lo más mínimo.

—¡Nunca te perdonaré por esto! —le gritó a su padre.

Él se quedó delante de ella, se pasó la mano por el pelo y se limpió el sudor de la frente.

—Ya me hablarás de perdón en el futuro, cuando alguien de tu propia sangre, a quien hayas querido desde el día en que nació, te traicione. Hasta entonces, no tenemos nada de que hablar.

Y dicho eso se dio la vuelta y miró a las personas que se habían agolpado allí a ver qué pasaba.

—Fuera de mi vista, ¡todo el mundo!

La única que se quedó donde estaba fue la madre de Cassie. MacArthur no le dio ninguna explicación, se limitó a ofrecerle el brazo.

—Baja conmigo al salón, esposa.

No era una petición, sino una orden. En vez de darle un puñetazo en la mandíbula y hacerlo rodar por las escaleras, como habría hecho Cassie, su madre puso la mano donde MacArthur esperaba que la pusiera y lo acompañó escaleras abajo sin volverse a mirar a Cassie.

Si se dijeron algo mientras bajaban, ella no lo oyó.

Se sentó en el suelo de piedra, en completa oscuridad. La celda no medía más de diez pies de pared a pared. Cuando salió el sol pudo ver que había en ella un diminuto armario, un catre, una mesa y un taburete.

El techo era en cúpula y la vigas se levantaban seis pies por encima de su alcance, incluso si se subía al taburete. También había cuatro ventanas situadas en los cuatro puntos cardinales: norte, sur, este y oeste, igual que en las otras tres torres del castillo.

A través de esas ventanas, Cassie podía ver las montañas que había más allá de Loch Linne, y la cima del Ben Nevis. Pero las rejas de hierro impedían que sacase el brazo más allá del codo. No tenía escapatoria.

Poco después del amanecer, una procesión de sirvientes empezó a peregrinar a lo alto de la torre, deteniéndose en la puerta de hierro para recobrar la respiración. Una vez recuperados, empujaban un largo y estrecho rectángulo que había en la parte baja de la puerta y le pasaban por él lo que su madre hubiese ordenado que le llevasen.

Primero fueron sábanas, mantas, un delgado colchón de plumas y ropa para que se cambiase una vez a la semana. También le llevaron agua y dejaron un cubo grande en el escalón más alto del otro lado de la puerta. Eso hizo que Cassie abandonase su silencio para preguntarle al chico que llevaba el agua:

—¿Voy a tener que sacar el agua sucia y demás desechos a cucharadas?

—Oh, no, milady —contestó el chico quitándose la gorra—. Tenéis un desagüe en el centro de la habitación. Lo que echéis por él va a parar al río, igual que en el resto del castillo.

—Qué buena idea —comentó ella irónicamente—. Desde luego, tengo todas las comodidades.

—Salvo fuego, lady Cassandra, pero he oído que están ideando algo, tal vez un brasero.

«Estupendo», pensó Cassie. «Van a dejarme aquí encerrada toda la vida».

Dieciséis

Al atardecer, Robert subió a lo alto de la torre sur. Los guardias que había apostados en la puerta de la muralla no le pidieron que dejase ni la espada ni la daga, algo que le resultó extraño, así que les preguntó al respecto.

—No es necesario, señor —respondió el más corpulento de los dos—. No creo que vayáis a hacerle daño a milady, y MacArthur ha tirado la llave de la puerta de arriba por la ventana. Tampoco pienso que podáis ayudarla a escapar. Podéis dejar vuestras armas aquí si lo deseáis, ya que la espada os molestará al subir las escaleras.

Aquello le dio a Robert mucho que pensar mientras subía y subía escaleras.

Dejó el farol en un gancho de hierro que había en la pared después de haberlo acercado a los barrotes para iluminar la oscura cámara que había al fondo. Cassie estaba tumbada en un catre, tapada con su capa hasta la cabeza, y le daba la espalda. El ritmo lento de su respiración le indicó que estaba dormida. Robert bajó un cubo de agua casi vacío al siguiente escalón, se sentó en el de más arriba y sacó el cuaderno y el lapicero.

La luz era suficiente para poder hacer un dibujo de la prisión de Cassie y otro, más detallado, del cerrojo de la puerta. Se preguntó si de verdad MacArthur habría tirado la llave, o si sólo habría fingido hacerlo. La única ventana que había allí daba a la sala interior. Sacó el compás y terminó el dibujo. Luego se levantó y comprobó las bisagras de la puerta. Agarró los barrotes y los sacudió para ver si el yeso o el mortero se quebraban en alguna manera.

Pero los materiales eran sólidos, y no mostraban signos de debilidad.

—¿Robert? —Cassie se sentó en el catre, mirando hacia la puerta—. ¿Eres tú?

—Sí, dormilona. Ya es hora de que te despiertes. Llevas una hora roncando.

Ella se levantó de un salto y corrió hacia la puerta. Apretó todo su cuerpo contra los barrotes de hierro, lo agarró por los hombros e intentó meter la cara entre uno de los huecos. Robert se acercó también a darle un beso. Después, la miró de pies a cabeza, buscando heridas o cortes que le diesen un motivo para perseguir a MacArthur.

—¿Tienes la llave?

—No. ¿Acaso debería tenerla? Será mejor que te pongas la capa, Cass. No puedes estar aquí en camisón, vas a congelarte.

—Dame otro beso y me la pondré, te lo prometo.

Él se lo dio de buen gusto, estaba deseando hacerlo, y abrazarla aunque fuese con los barrotes de por medio, hasta que notó que una corriente de aire hacía que se le pusiese la piel de gallina.

—La capa, Cass —le repitió empujándola hacia atrás.

Cassie fue a por la capa y tomó también una manta de piel, la dejó en el suelo y se sentó allí, envuelta en la capa.

Robert se sentó también y miró muy serio a Cassie.

—¿Te ha hecho daño, Cassie?

—Sí, me ha matado encerrándome aquí. No puedo creerlo. Moriré aquí dentro. No puedo soportarlo. Me he pasado el tiempo temblando, jurando, rezando o durmiendo —apoyó la barbilla en las rodillas y se abrazó las piernas—. Tengo que encontrar el modo de salir de aquí. MacArthur ha tirado la llave.

—¿Quién?

—Mira, Robert, ahora mismo estoy furiosa con él. No pienso llamarlo padre. No puedo. ¿Podrías traerme una lima, una sierra o algo así? Estos barrotes son muy gruesos, pero tiene que haber un modo de cortarlos, o de romper el cerrojo.

—Sé que estás enfadada. Todo el mundo en el castillo lo sabe, pero alguien ha estado enviándote un montón de cosas para que no te falte de nada y puedas ocupar tu tiempo y tu mente. Veo que tienes libros encima de la mesa, y que estás sentada encima de una manta de piel de oso. Y a juzgar por la bandeja llena de platos que hay al lado de tus pies, parece que has comido bien.

—Mi madre ha hecho que me lo suban todo.

—Sí, pero otra persona le ha permitido que lo haga —Robert agarró uno de los barrotes—. Estos barrotes son bastante fuertes. No son demasiado viejos y están bien conservados. Podría traerte una lima, pero podrías pasarte seis meses limando el mismo barrote.

—¿Seis meses? Oh, Robert, ¿no puedes sacarme de aquí de otra manera?

—Lo intentaré, pero sin llave...

Robert parecía tener pocas esperanzas y Cassie no pudo evitar sentirse decepcionada. Se tapó la cara con las manos y lloró.

—¿Crees que podría tener otra llave en algún lugar? —le preguntó él.

—El mayordomo las tiene todas... —Cassie levantó la cabeza y se limpió las lágrimas que le corrían por las mejillas con la manga del camisón.

Robert se dio cuenta de que no era la primera vez que lloraba aquel día.

—Me siento muy sola aquí arriba, Robert.

—Pero estás acostumbrada a estar sola en las montañas, ¿no es cierto? Te marchas de aquí siempre que alguien hace algo que te molesta y vas adonde quieres.

—Eso es distinto. En las montañas me siento libre. Puedo volver cuando quiero, y hablar o no con quien quiero. Me moriré aquí, Robert. Estoy segura.

Él la agarró de la mano con fuerza.

—No puedes rendirte, Cassie. Mira, he venido a verte y volveré, te lo prometo.

—Sí, sé que volverás, aunque me extraña que MacArthur te haya dejado subir.

—Cualquiera puede subir. A los guardias no les han dado una lista de personas prohibidas. Alex me ha dicho que cree que tendrá bien la pierna mañana por la mañana, y subirá también. Tiene un regalo para ti. Todos hemos estado muy cansados hoy, por eso no hemos venido antes. Acércate. Si te giras un poco creo que podré poner el brazo alrededor de tus hombros. Tengo algo importante que decirte.

Cassie se acercó a la puerta todo lo que pudo, girándose hasta que sus hombros casi se tocaron. Robert tenía razón, podía pasar el brazo por los barrotes y abrazarla. Y si los dos acercaban la cabeza, podían tocarse con la frente también.

—Cuéntame qué es eso tan importante.

—Le he hablado a tu padre acerca de casarme contigo.

—¿Y qué ha dicho? ¿Que no?

—No exactamente.

—¿Qué quieres decir con «no exactamente»? —preguntó ella preocupada.

—Me ha dicho que está muy preocupado por tu futuro —respondió él con toda sinceridad.

—Eso es lo que dice siempre.

—Sí. Me ha preguntado por mi futuro, y cuánto tiempo más iba a estar por ahí viajando, pensando sólo en mi mapa. Yo le he contestado que, en primer lugar, eso no es verdad. Es cierto que ahora mismo soy un vagabundo, pero no voy por ahí sin saber adónde voy. Tengo una meta que alcanzar. Tengo además una casa, y muy agradable, tan espléndida como este castillo, aunque algo más pequeña. Strathspey sólo tiene cuatro plantas y el sótano, y no hay torres en las que encerrar a mis hijas, ya que por el momento no las tengo.

—Seguro que no le has dicho eso.

—Claro que sí. Y él se ha reído. No me ha dado

la impresión de que estuviese enfadado contigo, Cassie. Lo que me parece es que está muy preocupado por ti, casi enfermo de preocupación.

—Eso es ridículo. MacArthur nunca ha estado enfermo.

—Tal vez no, pero tiene un médico siempre cerca, y no creo que sea sólo para Angus. El muy pillo ha estado paseándose esta tarde por el salón como si no le hubiese ocurrido nada ayer.

—Así es Angus. Un día está que se muere y, al siguiente, vuelve a estar preparado para la batalla. Es increíble —Cassie sacudió la cabeza, luego volvió a ponerla donde la había tenido hasta entonces, apoyada en la frente de Robert—. ¿Te ha dado alguna respuesta? ¿Sí o no?

—¿Quién? ¿Angus?

—¡MacArthur! Robert, no finjas que no sabes lo que quiero decir para hacerme decir a mí cosas que no quiero decir. No es justo. Aquí soy yo la prisionera.

—Hace falta más que piedras y hierro para construir una prisión. Tu libertad está aquí —le dijo tocándole el pecho—, en tu corazón. Y te admiro por ello, lady Quickfoot. No desesperes.

—Eso que acabas de decir es muy bonito. ¿Cómo sabes tantas cosas?

—No lo sé. En cualquier caso, quiero que recuerdes lo que te he dicho, Cassie. Mañana, después de venir a verte, me marcharé. Vamos a ir con Alex a trabajar, ahora que hace buen tiempo.

—Bueno, yo... —Cassie se levantó, se estiró y se frotó el trasero, que tenía dolorido después de un rato sentada en las frías piedras—, seguiré aquí.

Robert rió al oír su respuesta.

—Volveré —le prometió Robert—. ¿Por qué pones esa cara mientras te frotas el trasero? Me habías dicho que tu padre no te había hecho daño.

—Probablemente no te dieses cuenta, ya que estabas defendiéndote de cuatro o cinco ladrones, pero yo pensé que los perros de mi padre me estaban persiguiendo a mí y me subí a un roble para que no me alcanzaran. La rama estaba cubierta de hielo y...

—Se rompió.

—Exacto —Cassie lo agarró por los hombros y lo acercó a ella—. Me duele todo, pero estaré mejor mañana.

Robert bajó los brazos para acariciarle el trasero mientras la besaba. Cassie no quería que aquel beso terminase nunca.

Robert y Alex Hamilton fueron a visitar a Cassie al amanecer de la siguiente mañana. Cada uno llevaba un saco de tela, lo que hizo pensar a Cassie que llevaban herramientas de albañilería: mazas, cinceles y martillos. El pobre Alex pareció quedarse desolado al ver el tamaño y la fuerza de la puerta.

Cassie dejó el cepillo del pelo que tenía en la mano y se ató el vestido a la cintura antes de levantarse y acercase a la puerta a saludarlos. Sacó la mano para ofrecérsela a Alex, sólo el tiempo necesario para que él se inclinase ligeramente y rozase su dorso con los labios. Robert recibió un caluroso abrazo y un alegre beso.

No había espacio suficiente para que los dos se sentasen en el mismo escalón, así que se quedaron de pie, pero después de un rato Cassie acercó un taburete y se sentó para escuchar sus planes para los siguientes días.

Le contaron que el cielo iba a estar descubierto todo el día, como lo había estado el día anterior. Esperaban poder medir la altura del Ben Nevis desde el nivel del mar, en Loch Linnhe. Cassie les preguntó quién iba a ser su guía y asintió con aprobación cuando le dijeron qué hombre les había elegido su padre.

—No será lo mismo que si os hubiese guiado yo, pero Jacob se defenderá bien. Es probable que consigáis progresar más, teniendo quien os lleve las herramientas. Eso hará que podáis reservar las fuerzas para el trabajo de verdad. ¿Tendrás cuidado con la nieve, verdad, Robert? El sol causa a veces avalanchas que pueden llegar a ser mortales.

—Tendremos mucho cuidado, Cassie, y sí, te echaremos de menos. Alex, querías pedirle un favor a Cassie, ¿verdad? —dijo Robert volviéndose hacia su amigo.

Alex levantó su bolsa.

—Encontré esto en la cueva, y lo adopté. ¿Me lo podríais cuidar hasta que vuelva? No sabemos cuándo será.

Le tendió la bolsa a través de los barrotes y lo que había en su interior se movió.

—Espero que no sea una serpiente —dijo ella, sin estar segura de querer tomar la bolsa.

—No, no es una serpiente —contestó Alex pasando la otra mano también entre los barrotes y abriendo la bolsa para que Cassie pudiese ver lo que había en su interior.

—Desde luego, no es el cincel y el martillo con los que he pasado toda la noche soñando —dijo ella sacando la pequeña bola de pelo.

Al principio no supo lo que era aquél pequeño animal, que dormía, luego lo reconoció—. ¡Una nutria! ¿Dónde la encontraste, Alex? ¿Y cómo te dejó su madre que te la llevases?

—Su madre tuvo un altercado con otro habitante de la cueva: un gato salvaje. Yo sólo pude salvar a las crías.

Cassie acarició al pequeño animal. Podía cubrirlo completamente con las dos manos.

—¿Con qué la alimento? ¿Qué come? No tengo ni idea de cómo cuidarla.

—Les gusta toda la leche, ya sea de vaca, de cabra o de oveja. Le he pedido a la cocinera que te mande bastante. Yo os enseñaré a alimentarlos después de daros el resto. Cuando sean más grandes podrán comer pescado, cangrejos, y cosas así.

—¿El resto? —preguntó Cassie arqueando una ceja y mirando la bolsa que llevaba Robert en la mano, que se movía más que la otra.

Robert le pasó la bolsa por los barrotes y Cassie se sentó a comprobar cuántos animales esperaba Alex que cuidase. En total eran tres. Cassie les devolvió la bolsa y se quedó con los tres en el regazo. Las crías empezaron a chuparse los dedos de los pies las unas a las otras y a chillar.

—¿Oís eso? ¿No son adorables?

—Sí, son adorables, pero yo no sé cómo cuidarlos. Nunca he tenido ningún animal tan pequeño, mucho menos tres.

—Seguro que lo harás muy bien —dijo Robert estirando la mano hasta su regazo y agarrando a uno de ellos. Le pidió a Alex uno de los trapos mojados en leche que habían subido—. Yo aprendí anoche, tuvimos que hacer turnos hasta aprender a hacerlo bien, porque si no, no se callaban y no nos dejaban dormir.

Dobló el trapo y apretó una de las puntas hasta

que una gota de leche cayó sobre el hocico y la boca del animal. Alex esperó a que Cassie le diese otra cría y le entregó a cambio otro paño, enseguida tuvo al animal chupando frenéticamente. Ella tardó un poco más en aprender a hacerlo.

—Increíble —dijo.

—Esto es lo único que hay que hacer —le aseguró Alex—. Duermen en la bolsa, se pasan la mayor parte del día haciéndolo. Están un poco más activas por la noche, pero si les das de comer se tranquilizan de nuevo. Supongo que dentro de una semana más o menos ya serán capaces de comer solas de un cuenco.

—Hablando de animales. ¿Habéis visto a Shep?

—Yo había pensado que tal vez podríamos llevárnoslo con nosotros —sugirió Robert—. Si no te importa, por supuesto.

—Buena idea. Yo no podré ocuparme de él aquí.

—Cassie —dijo Robert mirándola a los ojos con intensidad—. Es probable que estemos fuera más de un par de días. Dime que no te derrumbarás ni te volverás loca aquí.

—Eso espero —asintió Cassie, medio riendo, medio en serio. No sabía cuánto podría aguantar—. Haz lo que tengas que hacer. Y no pienses en mí.

—Eso será imposible —contestó él sonriendo. La cría que tenía en las manos se apartó del trapo y bostezó, luego se hizo una bola en su mano.

—Los animales me darán que hacer —comentó Cassie mientras metía a los tres animales en la bolsa que tenía en el regazo.

Alex bajó unos escalones para dejarlos solos.

Robert estiró la mano y la acarició con deseo. A pesar de lo difícil que era para ella, Cassie le dijo que se marchasen antes de que el sol estuviese más alto.

Robert dudó un momento y luego se apartó de los barrotes. Abrió su chaqueta y sacó de ella un pequeño paquete. Cassie abrió los ojos como platos al ver su contenido: un cincel, un martillo de mango corto y un diagrama.

—Con esto estarás entretenida hasta que vuelva, el diez de abril. Espérame, Cassie. Volveré a buscarte en cuanto pueda. Lee antes mis instrucciones.

Diecisiete

Las nutrias de Hamilton se convirtieron en tres criaturas gordas y juguetonas, que se escapaban cuando querían por las escaleras de la torre. Las tres granujas, como Cassie pensaba en ellas, se despertaban cada día y se peleaban por quién sería la primera en volver a dormirse en el nido de astillas.

Aquel montón de madera había sido poco antes un taburete con tres patas. Cassie había decidido sacrificar el taburete en vez de dejar que los animales ocupasen el resto de los muebles de la celda. Su comida, que ya consistía casi únicamente en pescado, estaba en un cuenco situado varios escalones por debajo de la puerta. Hacía unos días que el olor a pescado fresco nada más despertarse, por las mañanas, hacía que a Cassie le diesen ganas de vomitar.

A las nutrias también parecía gustarles el tener que ir fuera a comer. Preferían buscar ellas la comida. Y Cassie disfrutaba viéndolas meterse en el cubo de agua que también había en las escaleras todas las noches.

Eran criaturas acuáticas y como el chico era agradable, dejaba que se bañasen aunque eso significase tener que hacer un viaje más hasta la torre para llevarles el agua que había en el lago detrás del castillo.

Cuando pensaron que era el momento de que aprendiesen a pescar, el chico les llevó pequeños peces en un cubo. Aunque a las nutrias de Hamilton les costaba pescar. Es decir, que se apoyaban las tres al mismo lado del cubo y tiraban el agua y los peces. El espectáculo era muy divertido, ya que las nutrias corrían detrás de los peces escaleras abajo. Actuaban de un modo parecido a los gatos cuando aprendían a cazar ratones. Después de dos noches de espectáculo, Cassie decidió que era mejor que bajasen al lago a nadar y a pescar.

La primera noche, los animales no volvieron con el chico, y Cassie pasó toda la noche preocupada. Y le pareció que el chico también estaba preocupado, ya que se quedó hasta muy tarde en el lago, llamándolas y esperándolas, en vano.

Volvieron al amanecer, corriendo por las escaleras. Tardaron una hora en calmarse después de tanta excitación y en volver a instalarse en su nido para dormir durante todo el día.

Cassie se despertó al oírlas, pero no se incorporó inmediatamente, antes quería estar segura de que su estómago estaba bien.

Agarró a la primera de sus compañeras de celda que pudo alcanzar y le dijo:

—Sss, sss. ¿Cuándo vais a aprender a entrar y salir sin armar tanto escándalo?

La joven nutria se volvió y le trepó por el brazo. Sus dos hermanas se le subieron hasta los hombros y empezaron a jugar entre su pelo.

Cuando se cansaron del juego, corrieron por entre la poca ropa que Cassie tenía colgada de unas estacas que había en la pared. Ella no pudo evitar reír, a pesar de que toda la ropa había ido a parar al suelo.

Cuando hubo sacudido y colgado el último de los vestidos, oyó pasos en las escaleras de la torre, era el chico que subía con el agua para que se asease por las mañanas. Todavía no había llegado arriba con el agua cuando las tres nutrias ya estaban subidas a los barrotes de la puerta, mirando con curiosidad el contenido del cubo y regocijándose al pensar en darse otro baño. Cosa que el muchacho evitó colocando una tabla de madera encima del cubo.

—Traigo noticias, milady —dijo el chico sacándose un puñado de nueces del bolsillo y dejándolas en el escalón más alto para los animales.

—¿Sí? ¿Qué noticias?

—Dicen que se va a dar lectura a las amonestaciones de vuestro matrimonio. Todos en el castillo pensábamos que ibais a casaron con Gordon, ya que os salvó la vida, pero el pastor dice que os casaréis con Douglas Cameron el primero de mayo. ¿Es eso cierto, milady?

—Bueno, supongo que MacArthur piensa que es lo que voy a hacer —Cassie se negaba a hablar del tema con aquel chico.

—Yo pensaba que era mentira, pero Cameron está aquí. Llegó anoche. Y creo que discutió con MacArthur.

—¿Sí? —preguntó Cassie dejando el cepillo y escuchando más atentamente la información que le daba el muchacho.

—El hijo del panadero me ha dicho que había oído que el mayordomo le decía a la cocinera que a nadie le importaba lo que discutiesen los señores mientras vos siguieseis aquí arriba. Habló de vos como si fueseis un pájaro enjaulado. El panadero dijo que Cameron le había dicho a vuestro padre que tenía que haberos azotado.

Cassie sacudió la cabeza con tristeza. Douglas siempre lo estropeaba todo.

—Y dicen que Cameron y MacArthur subirán a veros antes de ir a cazar verracos.

—Muy amable por su parte —Cassie rió y agarró a una de las nutrias que iba a hacerle otro agujero en las zapatillas.

Después de hacer un par de comentarios más, el chico se marchó y Cassie terminó de arreglarse. Miró la ropa que tenía y eligió un vestido verde de estameña. Le quedaba bien, le era fácil atárselo y le aliviaba el dolor de pechos que tenía últimamente.

Luego se sentó en un extremo del catre y delante de la mesa, con el sol de la mañana entrando por el este. Afiló una pluma y empezó con el laborioso trabajo de escribir otra de las aventuras de lady Quickfoot para sus sobrinos.

Maggie iría a visitarla, ya que los MacGregor iban a pasar las Pascuas en el castillo. Euan MacGregor también se oponía a la dura decisión de su padre de mantenerla encerrada en esa prisión. Según su hermana, Euan y MacArthur casi habían llegado a las manos cuando los MacGregor habían estado en el castillo, de visita, un mes antes, con ocasión del cumpleaños de Cassie. El día anterior había sido domingo de Ramos. Cassie había rezado para que Robert volviese como muy tarde para lunes santo, el diez de abril, para lo que faltaba una semana, ya que a ella la casarían con Cameron cualquier día después de que se leyesen por tercera vez las amonestaciones.

Lo único que había oído acerca de Robert Gordon era que el tiempo había mejorado el día que los cartógrafos se habían marchado de Achanshiel. Tanto Angus como el joven Jacob Innes los habían acompañado para guiarlos. Y otra media docena de hombres se habían prestado voluntarios para asistirlos mientras completaban la misión que el rey les había encomendado.

Sospechaba que debía de haber más noticias, pero o ninguno de los sirvientes a los que veía de forma regular las conocía, o no querían contárselas. Veía poco a sus padres. A su madre le costaba subir hasta allí.

Cassie tenía los días perfectamente planificados y siempre se mantenía ocupada. Al principio, se había subido a la mesa y había intentado quitar los dos bloques de piedra que había en la ventana que daba al este. Robert había tenido razón. Una vez quitado el mortero con cuidado, las piedras salían de su sitio con facilidad.

Las barras cruzadas que le habían impedido sacar el brazo por la ventana se habían quedado agarradas a las piedras, pero sólo había tenido que estirar un poco para sacarlas también.

Si lo hubiese deseado, habría podido escapar de su prisión en las últimas tres semanas, pero había decidido esperar a Robert. Todavía faltaban tres semanas para mayo. Y la presencia de Cameron en el castillo no le preocupaba, ya que no podían casarse hasta que las amonestaciones no se hubiesen leído tres veces.

Así que se sentó a la mesa y se entretuvo escribiendo otra de las historias de lady Quickfoot, para que sus hermanos se las leyesen a sus sobrinos. Y también esperó la llegada de los visitantes que iban a subir a verla ese día.

Siempre reconocía los pasos de MacArthur, que empezaban con fuerza y brío e iban debilitándose a mitad del camino. Cuando llegaba arriba tenía siempre el rostro colorado y el sudor le corría por las mejillas y el cuello.

Oyó otro ruido más abajo y supo que había otro hombre subiendo. A veces Cassie oía voces y las reconocía, y si hablaba sólo una persona, podía entender claramente las conversaciones, ya que la piedra transmitía muy bien el sonido.

Normalmente sólo oía el saludo de los guardias cuando llegaba un visitante, o sus gritos de alegría cuando ganaban a los dados.

En esa ocasión se oía más de una voz. Había una discusión, pero no pudo entender las palabras.

Cassie terminó de barrer el suelo de piedra y recogió una montaña de pelusa, polvo y tierra de las nutrias. Luego colgó la escoba de una estaca para que los roedores no pudiesen alcanzarla. Y se acomodó en el catre, dispuesta a desempeñar el papel de afligida damisela.

Justo cuando se estaba diciendo que tenían que ser su padre y Douglas Cameron dejó de oír ruidos. Inclinó la cabeza, segura de que un golpe sordo había precedido al silencio, como si alguien se hubiese caído.

De pronto, oyó varias voces gritar alarmadas y llamar a los guardias.

Y, tan repentinamente como había empezado, el ruido volvió a cesar y su torre se quedó en silencio. Y siguió así durante todo el día.

Más tarde, uno de los guardias le subió comida y agua, y le dijo que el chico que lo hacía habitualmente estaba ocupado sirviendo a los invitados en el salón. Poco después del atardecer fue a verla su hermana Maggie, que llegó tan colorada como llegaba todo el mundo.

—¡Mi dulce Cassie! —exclamó levantando el farol para poder ver dentro de la celda—. Me moriría si tuviese que subir aquí dos veces al día.

—¡Maggie, no esperaba que vinieras tú!

—Hemos salido tarde de casa, ya que hemos esperado a que dejase de llover, y acabamos de llegar. ¿Cómo estás tú? ¿Sigues animada?

Cassie abrazó a su hermana. Era un modo extraño de saludar a alguien, pero era lo mejor que podía hacer, luego retrocedió un paso y estudió su rostro colorado.

—¿Han venido los niños?

—Sí, se han pasado todo el camino armando lío y preguntando cuándo llegábamos. Hemos estado a punto de retrasarnos otro día a causa de la lluvia, pero yo quería llegar aquí en la fecha planeada. Dios, esta celda está muy oscura por las noches. ¿No tienes velas ni faroles?

—Un par de cabos de vela, pero no esperaba compañía y no quería pedir más. Hay un gancho justo encima de tu cabeza, puedes colgar en él tu farol.

—Bien, porque estaba empezando a dolerme el brazo —Maggie colgó el farol—. Estás más delgada, Cass. ¿Has estado sufriendo por Robert?

—Eso no me haría ningún bien, ¿no crees?

Cassie no le había contado a su hermana que tuviese nada con Robert, pero todo el mundo sabía que se había escapado del castillo con él y que su padre había ido a buscarla con los perros para evitar que se casasen. Eso se lo había contado Maggie el día de su cumpleaños, el 29 de febrero.

—MacArthur sigue adelante con sus planes, ¿verdad? —comentó después.

Maggie hizo un ruido con la lengua.

—Euan me ha pedido que te dé estas cartas de los niños. Les encantaron las historias que les mandaste. Creo que Millie ha dibujado a lady Quickfoot, pero lo cierto es que no he tenido tiempo de mirarlo. Ian y William han estado enfermos y me he pasado la última semana sin dormir. Me habría cambiado por ti sin dudarlo, si hubiese sido posible.

—Seguro que no.

—Ya, pero poder dedicarse sólo a descansar y a dormir una temporada... Bueno, será mejor que baje antes de que Willie se despierte y empiece a llorar porque tiene hambre.

—Mamá se ocupará de él —dijo Cassie, que no quería que la visita de su hermana terminase tan pronto.

—En estos momentos está muy ocupada —respondió Maggie alargando la mano para tomar el farol, luego cambió de opinión—. Puedo dejarte la luz, Cass. Hay dos antorchas más en las escaleras. En el único lugar que está tan oscuro es aquí, arriba del todo.

—No, llévatela. Es mejor prevenir que curar. Por cierto, que esta mañana me pareció oír que alguien tenía un accidente mientras subía. Dios, y parece que hace siglos de eso. ¿Fue MacArthur?

—No. Fue Douglas Cameron, se ha hecho daño en la pierna mala. Tengo que reconocer que tenías razón acerca de él. Ese hombre huele como los cerdos, y aún peor, es un nefasto paciente, un inmaduro, no ha hecho nada más que quejarse de que MacArthur ha intentado matarlo. Papá parece estar al borde de un ataque de nervios y mamá no habla con nadie. Toda la casa está patas arriba. Por eso no puedo quedarme más tiempo aquí contigo. Lee las cartas de Millie. Euan ha insistido en que lo hagas esta misma noche.

Maggie tomó el farol para bajar las escaleras.

—Espera un momento —le pidió Cassie—. Voy a buscar la vela y la encenderé con tu llama. Me costará menos que buscar la piedra y el acero en la oscuridad, sobre todo con las nutrias por aquí rondando.

—¿Todavía tienes esos animales de Hamilton? ¿No se han muerto?

—No, están gordas como focas y todavía duermen conmigo en un rincón. No tardarán en despertarse y buscar al chico que sube el agua, que las acompaña a darse un baño al lago todas las noches.

—A Millie le encantará oírlo y querrá ocuparse también de ello, estoy segura —Maggie le dio un beso a Cassandra en la frente y la abrazó, luego abrió el farol para que Cassie metiese la vela y la encendiese.

—Dale las gracias a Millie por los dibujos. Buenas noches, Maggie. Hasta mañana.

—Que descanses, Cassie.

Maggie levantó la lámpara y se recogió el dobladillo de las faldas antes de empezar a bajar.

Cassie fue hacia la mesa y posó allí la palmatoria, luego se sentó con el paquete de Millie y se rió al ver las pequeñas figuras que había dibujadas en el pergamino. La niña había encontrado en alguna parte lacre y había escrito sus iniciales en él. Cassie rompió el lacre y abrió el dibujo. Entonces, una carta sellada cayó sobre su regazo.

Era una letra escrita con tinta y que no había sido escrita por una niña. Cassie le dio la vuelta y reconoció el sello de Robert impreso sobre el lacre.

Dejó a un lado el dibujo que Millie había hecho de lady Quickfoot patinando y rompió el sello de Robert.

Queridísima Cassandra:

Van pasando los días y me temo no volver a verte nunca más. Euan MacGregor ha venido a mi campamento en Loch Lochy esta mañana y me ha dado la noticia de que ayer por la mañana se leyeron en la capilla de tu padre las primeras amonestaciones de tu matrimonio con Douglas Cameron. ¿Significa eso que has aceptado casarte con él? Me gustaría poder hablar contigo y escuchar la respuesta de tus propios labios. No obstante, no puedo dejar ahora mi trabajo, ni siquiera para saber si has tomado una decisión tan importante. Sólo nos queda por medir el río Spey a su paso por Lochaber y habremos terminado con nuestro trabajo de campo. Yo tenía la esperanza de volver al castillo el 10 de abril a más tardar, pero la visita de Euan me ha hecho cambiar de planes, siento ansiedad por volver a tu lado antes de que lleguen las Pascuas.

Euan piensa que MacArthur intentará adelantar la boda en cuanto se lean por tercera vez las amonestaciones, el domingo 9 de abril, y que no esperará al primero de mayo, tal y como me había dicho. He escrito al rey y le he rogado que interceda, pero me temo que su ayuda no va a llegar a tiempo. Siento haber sido tan cauto y no haber levantado mi espada para defenderte cuando debía haberlo hecho, y haber confiado en que Dios todopoderoso respondería a mis plegarias. Pero no podía enfrentarme al padre de la mujer a la que tan desesperadamente quiero convertir en mi esposa. No podría soportar que tuvieses una mala imagen de mí si hubiese hecho que se derramase la venerable sangre de MacArthur. Te ruego que me perdones por no haber hallado otro modo de evitar que su ira cayese sobre ti.

Cassie, pienso en ti día y noche y no puedo creer que hayamos llegado a esto. No puedo creer que hayas accedido a casarte con un hombre al que ni siquiera respetas. De hecho, ya no sé qué creer.

¿Has podido hacer algún progreso con el orbe y la llave? ¿Podrías escapar de tu prisión sin que se diesen cuenta los guardias? Si así es, ata bien la cuerda que te di a la puerta y échala por la ventana a la media noche del día que recibas esta carta. Euan y un hombre de su confianza te esta-

rán esperando para ayudarte a bajar el parapeto. Ellos se ocuparán de que consigas escapar del todo. Yo me encontraré contigo en un lugar previamente convenido, donde nos estará esperando un pastor para casarnos. La decisión es tuya. Te quiero con todo mi corazón, mi alma y mi mente. Si tú sientes lo mismo por mí, nos veremos en la iglesia para casarnos.

Sigo siendo tu humilde servidor, como siempre,
Robert Gordon

Sorprendida, Cassie volvió a leer la carta otras tres veces más y la memorizó antes de prender uno de sus bordes con la vela y hacerla arder. Luego, empezó a prepararse para escapar. Lo habría hecho mucho antes de la media noche, la hora que le había sugerido Robert, si su padre no hubiese decidido hacer algo impensable. Subió a la torre cuando el reloj acababa de dar las diez. Sin más preámbulos, le dijo que era libre de marcharse cuando ella quisiera.

MacArthur sacó la llave de la puerta y se dio la media vuelta. Cassie se acercó a la puerta preguntándose qué nuevo truco sería aquél. No podía evitar caer en su trampa, si es que era una trampa.

—¿A qué se debe el repentino cambio de opinión, MacArthur? —le preguntó—. ¿Es que Douglas ya no me quiere?

—Sí, claro que te quiere. Ese hombre tiene la cabeza más dura que una piedra y encontraría el modo de comprar hasta la luna por tenerte. Tus hermanas y sus maridos han venido a casa y han empezado a pelearse entre ellos para decidir con quién irá a vivir tu madre, ya que ésta ha jurado dejarme si no te dejo en libertad, para que decidas por ti misma con quién quieres casarte.

MacArthur empujó la puerta y la dejó abierta, luego se sentó en el último escalón, dándole la espalda a Cassie, con los hombros agachados, como abatido.

Aquello fue lo que más la sorprendió.

Cassie estuvo un rato sin poder moverse, limitándose a mirar la puerta abierta y la postura de derrota de su padre. Lo cierto era que no sabía qué hacer. Finalmente, tomó sus zapatillas y se las puso, y atravesó la puerta. Luego se sentó a su lado, callada, esperando a que ocurriese algo, aunque no tenía ni idea de qué podía ocurrir.

Después de otro rato su padre volvió la cabeza hacia ella y la miró con los ojos muy brillantes.

—¿A qué estás esperando? Tus cuñados, lord Appin y el despreciable Sinclair te están esperando al final de estas escaleras. Ellos te acompañarán hasta el salón.

—¿Roslyn está aquí?

Cassie tragó saliva después de nombrar a su hermana mayor, que se había escapado de casa para casarse con Elliot, el duque de Sinclair. Cathy, la segunda, hacía un año que estaba unida a su marido, George Mansfield, del clan Murray.

—Sí, toda la familia está aquí, salvo James. Y todos están contra mí y apoyan a tu malhumorada madre. Éste es el peor día de toda mi vida. Si no te importa, preferiría quedarme aquí, en paz y en silencio.

—Sí, es cierto que es un lugar muy silencioso. Un buen lugar para pensar y tomar decisiones. Antes de marcharme, ¿podrías decirme por qué me encerraste aquí, padre? ¿Fue para obligarme a casarme con Douglas o para apartarme de Robert Gordon?

MacArthur la miró.

—¡Vaya! ¡Gordon! ¿Qué bien te haría estar con él? No quería que malgastases tu tiempo con ese petimetre, ésa es la verdad. Ya viste todo lo que hizo por evitar que te encarcelase. Ni siquiera levantó un dedo para impedirlo. Serías más feliz con Douglas Cameron.

—Yo no estoy de acuerdo.

—Eso es lo que me dice todo el mundo —gruñó MacArthur—. No quería que ese Gordon bastardo te cegase con sus caballerosos modales, pero veo que llego demasiado tarde y que os enamorasteis el uno del otro nada más veros.

Cassie parpadeó, le temblaba la barbilla y no sabía si creer lo que acababa de oír.

—Lo cierto, padre, es que fui yo quien lo sedujo a él.

—No me sorprende, hija. Tu madre hizo lo mismo conmigo hace treinta años y yo acabé completamente enamorado de ella. Me ha tenido hechizado desde entonces y no podría vivir si me dejase aquí solo. Dime, ¿estás esperando un hijo suyo?

—Sí, vas a tener otro nieto. ¿Está Robert aquí?

—No —MacArthur suspiró profundamente y le pasó un brazo alrededor de los hombros, llevándola cariñosamente hacia él—. Tenía la esperanza de poder evitar algo así, pero ya veo que he fracasado. Tenía miedo de que ese hombre te matase por las montañas.

—Es un hombre muy cauto, padre, mucho más que yo —dijo ella en defensa del hombre al que amaba—. Podría acabar gustándote.

—Podría si supiese que nunca volverías a arriesgarte, ni a hacer locuras como bajar el barranco de Arthur con una cuerda que ni siquiera llegaba al valle.

—¿Cómo lo sabes?

—Os vi con mis propios ojos. Había estado persiguiendo a los ladrones de ganado cuando estalló la tormenta y decidí volver al castillo. Tenía el corazón en la garganta cuando te vi en el salón, ya que sabía que sólo había un modo de que hubieses llegado en tan poco tiempo. Y ninguno de los dos teníais más que un par de arañazos.

Suspiró antes de continuar.

—Te encerré aquí para evitar que te matases por las montañas. Hasta hoy no he podido admitir la verdad: que no es Robert Gordon el imprudente, sino tú, Cassandra. Él no quiere que su mujer arriesgue la vida en las montañas, como yo no quiero que lo haga mi hija. Lo hice para protegerte de ti misma, Cassie, porque te quiero con todo mi corazón.

MacArthur se levantó.

—Ven, muchacha, ¿tengo que bajarte yo al salón a enfrentarte a las consecuencias?

Cassie lo abrazó, por fin habían hecho las paces. Le dio un beso en la mejilla y le dijo:

—Sí, llévame al salón. Vamos a terminar esto tal y como empezó.

—Eres una chica extraña, Cassandra, desconcertante —la abrazó con fuerza y le dio un beso en la frente—. ¿Perdonas a tu viejo padre por haber querido hacer lo que pensaba que era mejor para ti?

—Sí, te perdonaré si me dejas ser dueña de mi corazón.

—¿Es eso tan importante para ti?

—Sí.

—En ese caso, bajemos y podrás decirle al pobre Douglas que no lo quieres como marido.

Sí, Cassie iba a ser libre e iba a ver a todas sus hermanas y a sus maridos. Y todavía la hacía más feliz poder decirle al pobre Douglas que se buscase a otra para convertirla en su cuarta esposa. Lo único que empañaba su felicidad era la ausencia de Robert, y la desesperación que había visto en su carta.

En cuanto pudo, Cassie se acercó a Euan MacGregor.

—¿Qué has decidido hacer, Cassandra? —le preguntó él en voz baja.

—Escaparme y casarme con el hombre al que amo. ¿Todavía puedes ayudarme?

Euan asintió, maravillado de que todavía no fuese medianoche. Su hombre todavía debía de estar esperándolos fuera del castillo.

—Sí, pero mi hombre lleva esperando mucho tiempo.

Euan agarró a Cassie de la mano y se la llevó hasta la despensa. De allí salieron del castillo y salieron por la portezuela trasera, que Euan ya se había encargado de comprobar un rato antes.

Allí los esperaba un hombre a caballo.

—Hola, Connor, ¿sabéis adónde llevar a la muchacha?

—Sí —se limitó a contestar el extraño.

Euan levantó a Cassie por la cintura y la sentó en la silla de montar, delante del hombre—. Buen viaje, Cassie. Todo irá bien.

—Que Dios te bendiga, Euan. No le digas a nadie adónde he ido hasta mañana, y pídele al chico del agua que se ocupe de las nutrias de Hamilton hasta que yo vuelva.

—Así lo haré —le prometió él. Luego le dio una palmada al caballo, que echó a trotar.

Dieciocho

A pesar de la facilidad con la que Cassie se había marchado del castillo MacArthur, la tensión que tenía en su interior le hizo sentir náuseas. Luchó por controlarse durante las horas que duró el viaje a caballo.

Dio gracias a Dios cuando el callado jinete se detuvo para que el animal pudiese beber agua y descansar un momento. Cassandra se mojó la cara en varias ocasiones.

—¿Qué os ocurre, muchacha? —le preguntó el hombre de Euan con voz ronca—. ¿Habéis perdido el valor?

—No exactamente. Tengo náuseas, y el viaje a caballo no me está ayudando.

—Que Dios nos ayude —rezó el hombre—. Estáis tan blanca como la luna. ¿Estáis enferma? No tenemos demasiado tiempo.

—No estoy enferma... sino embarazada.

—¡Vaya! —el hombre se aclaró la garganta y ayudó a Cassie a montar de nuevo—. Entonces, con más motivo debemos llegar ante el pastor lo antes posible.

Cassie lo miró a la cara mientras montaba detrás de ella. Llevaba una gorra calada hasta los ojos y una capa oscura. Cassie no tenía ni idea de quién era, pero si llegaba sana y salva al lado de Robert, estaría en deuda con él eternamente. No obstante, no le dijo nada mientras recorrían el último tramo del camino hasta la granja Glencoen.

Pasaron dos horas más antes de que la luna iluminase el camino. En la granja de Maggie no se veía ninguna luz, pasaron por delante de ella y fueron hacia el poblado de los MacDonald al final del valle. El jinete tomó el camino que llevaba a la iglesia de Kilchurn.

Una pequeña luz brillaba en la sacristía de la capilla, pero Cassie se sintió decepcionada al ver que no había caballos apostados a la puerta de la iglesia. El jinete detuvo su caballo delante de la puerta.

—¿Pero dónde está Robert? —preguntó Cassie buscándolo en el horizonte.

Desmontó sin ayuda y sintió que le temblaban las piernas. Luego, abatida al ver que el hombre al que tanto amaba no la estaba esperando, se volvió hacia el hombre de Euan. Debía agradecerle al menos su ayuda.

Sin Robert, su escapada no era más que un fracaso. ¿Qué iba a hacer si él no estaba allí? ¿Si no llegaba enseguida? ¿Iba a dejarla sola aquel hombre? Cientos de preguntas se le agolpaban en la mente.

El hombre se quitó la capa y Cassie vio que llevaba una banda verde, azul y negra cruzándole el pecho. Se retiró la gorra y se pasó la mano por el pelo como solía hacerlo Robert.

Ella miró su cara, cubierta de barba, la miró bien por primera vez desde que había comenzado aquel viaje y se dio cuenta de quién era. ¡No había dicho ni una palabra para no descubrirse!

Cassie lo abrazó con tanta fuerza que lo hizo caer sobre el suelo.

—¡Eres un demonio! ¿Por qué no me has dicho que eras tú? ¿Sabes lo preocupada que estaba, preguntándome dónde estarías? Y resulta que fuiste al castillo MacArthur con Maggie y Euan con la intención de raptarme delante de las orgullosas narices de mi padre.

—¡Esperad! Deteneos ahí, muchacha. Antes de que me beséis y me conduzcáis al interior de la iglesia, será mejor que me preguntéis qué Gordon soy.

Yo creo que el hombre con el que queréis casaros es el demonio mismo, el que está en estos momentos delante de la puerta de la iglesia.

Cassie se puso muy tensa. Observó con más detenimiento el rostro barbudo de aquel hombre, y sus ojos en particular. Eran y no eran los ojos de Robert. Se dio cuenta de lo que acababa de hacer tan impulsivamente.

—No me digáis que he hecho algo así delante de un pastor —susurró—. ¿Y de Robert?

—Como queráis, milady —dijo el hombre sonriendo. Tenía la misma sonrisa que Robert—. No lo habéis hecho, como tampoco me habéis tirado de espaldas delante del rey de Escocia. ¿O el rey también os incomoda?

—¿El rey?

—Su majestad, Jaime VI —rió él.

—Dios mío, haz que muera en este mismo instante —dijo Cassie apoyando la cabeza en el hombro del hombre, deseando que se abriese la tierra y se la tragase.

—¿Otra vez utilizando tus viejos trucos, Connor? —preguntó una dulce voz de mujer.

—No exactamente, querida —respondió él con voz ronca—. Aunque admito que la muchacha me ha pillado en una posición comprometedora.

—¿Quién sois? —susurró Cassie. Nunca había sentido tanta vergüenza en toda su vida.

—Su esposa, querida, y espero que no tengáis planeado casaros con él. Lo mataría si se le ocurriese cometer bigamia estando yo embarazada. Robert, muévete, no te quedes ahí parado, aparta a tu encantadora novia de mi marido.

Robert levantó a Cassie del cuerpo de su hermano y ella se quedó sin palabras.

—Déjame que lo adivine —dijo después de darle un beso en los labios—. El soso de Connor no se ha presentado, ¿verdad?

—No ha dicho ni una palabra hasta que no hemos llegado aquí —explicó Cassie—. Cuando se ha quitado la gorra y he visto sus ojos, lo he confundido contigo, pero con barba.

—Esa horrible barba es la razón por la que me afeito siempre que tengo la oportunidad —dijo Robert dándole otro cariñoso beso—. Odio estar tan feo.

—¿Podemos continuar? —preguntó el rey desde la puerta de la iglesia—. Llevo toda la noche despierto. Supongo que vos, joven, sois la famosa lady Quickfoot.

—Vuestra majestad —lo saludó Cassie haciendo una reverencia a pesar de que le temblaban las rodillas—. Soy Cassandra MacArthur. Lady Quickfoot no existe. Es sólo una leyenda de mi clan.

—¿De verdad? Umm, Robert, ¿qué os parece eso? ¿No es vuestra doncella de los Highlands la voz de la humildad? Debe de ser una muchacha excepcional.

—Claro que existe lady Quickfoot, vuestra majestad —comentó Robert—. Cassandra se parece más a ella que cualquier otra doncella de los Highlands —le ofreció el brazo a Cassie y la condujo hacia el altar de la iglesia, donde los esperaba el pastor.

—Bueno, lo único que puedo decir es que es muy entretenido leer sus proezas —le comentó el rey a un hombre que había en un rincón oscuro de la iglesia—. ¿No es cierto, MacArthur?

Cassie se volvió hacia la derecha y vio a su hermano James saliendo de entre las sombras y colocándose al lado del rey, asintiendo. Miró a Cassie y le guiñó un ojo para hacerle saber que todo iba bien.

Robert y ella habían seguido avanzando hacia el altar.

—Lo primero es lo primero —dijo él—. Tienes que prometer amarme, honrarme y obedecerme para el resto de mis días, y yo prometeré por mi honor amarte, protegerte y cuidarte para el resto de mis días. Una vez hecho eso, podrás besar a tu hermano y continuar con tus esfuerzos por conquistar a nuestro rey. Les va a gustar tanto como a mí conocer a la verdadera Quickfoot.

—Pero si en realidad no hay ninguna lady

Quickfoot —insistió Cassie, queriendo aclarar las cosas de una vez por todas—. Y yo ya te amo y te honro, e incluso te obedezco, por mucho que me moleste hacerlo. He estado esperándote pacientemente en mi prisión hasta encontrar la oportunidad de resolver las cosas con mi padre.

—¿Y ya lo has hecho? —preguntó Robert sonriendo—. Ésa es una excelente noticia. ¿Habéis hecho las paces?

—Sí, todo está arreglado, y no tuve que huir por la ventana ni arriesgar la vida de nuestro bebé bajando de la torre por una cuerda.

—¿De verdad? —comentó Robert al tiempo que le hacía una señal al pastor para que empezase con la ceremonia.

El pastor empezó a hablar y entonces Robert se dio cuenta de lo que Cassie acababa de decir, giró la cabeza y la miró a los ojos.

—¿Nuestro bebé?

—Sí —sonrió Cassie.

Él la agarró con fuerza por la cintura, le levantó la mano y se la besó. El pastor frunció el ceño y se aclaró la garganta, cuando la pareja se calló por fin, comenzó de nuevo.

—Hermanos y hermanas, estamos aquí reunidos esta noche para celebrar la unión de este hombre y de esta mujer en sagrado matrimonio...

Y así fue como Cassandra, del clan MacArthur, se

casó con Robert, del clan Gordon, el 5 de abril de 1598.

Cuando terminó la ceremonia, todos cabalgaron de vuelta al castillo MacArthur para unirse a la familia de Cassie y celebrarlo. Después, los dos vivieron felices en Straloch, Aberdeenshire, donde Robert terminó su mapa y lo vio publicado. Toda Escocia hizo uso de él.

Estimado lector:

Robert Gordon falleció en 1661, pero su mapa se publicó hasta la era moderna. La frontera de Escocia por entonces empezaba en las montañas Cheviot, con Berwick-upon-Tweed al este, y el infame Gretna Green al oeste. En comparación con los mapas actuales, el mapa de Gordon era sorprendentemente preciso. Cosa que yo, como escritora histórica, encuentro completamente fascinante.

A pesar de que hay pocos detalles acerca de su vida privada, pude descubrir que Robert fue considerado el «decano de los geógrafos» por uno de los editores más importantes de su época, Jean Bleau, cuyo atlas de 1660 reemplazó al de Gerardus Mercator, de 1550.

Si viajan a Aberdeen encontrarán la Universidad Robert Gordon. El fundador, Robert Gordon, que nació en 1668, se llamaba igual que su famoso abuelo, el hombre que le dio a Escocia el lugar que realmente debía ocupar en el mapa del mundo.

El mejor legado que cualquier hombre podría pedir.

Elizabeth Mayne

TÍTULOS DE LA COLECCIÓN

Amor interesado – Nicola Cornick

El jeque – Anne Herries

El caballero normando – Juliet Landon

La paloma y el halcón – Paula Marshall

Siete días sin besos – Michelle Styles

Mentiras del pasado – Denise Lynn

Una nueva vida – Mary Nichols

El amor del pirata – Ruth Langan

Enamorada del enemigo – Elizabeth Mayne

Obligados a casarse – Carolyn Davidson

La mujer más valiente – Lynna Banning

La pareja ideal – Jacqueline Navin

www.ingramcontent.com/pod-product-compliance
Lightning Source LLC
LaVergne TN
LVHW091624070526
838199LV00044B/925